張愛玲

惘然記

散文集二
一九五〇～八〇年代

主編的話

在文學的長河裡，張愛玲的文字是璀璨的金沙，歷經歲月的淘洗而越發耀眼，而張愛玲的身影也在無數讀者心中留下無可取代的印記。

為紀念張愛玲百歲誕辰及逝世二十五週年，「張愛玲典藏」特別重新改版，此次以張愛玲親筆手繪插圖及手寫字重新設計封面，期盼能帶給讀者全新的感受，並增加收藏的意義。

「張愛玲典藏」根據文類和作品發表年代編纂而成，包括張愛玲各時期的長篇小說、短篇小說、散文和譯作等，共十八冊，其中散文集《惘然記》、《對照記》本次改版並將增訂收錄近年新發掘出土的文章。

一樣的悸動，一樣的懷想，就讓我們透過全新面貌的「張愛玲典藏」，珍藏心底最永恆的文學傳奇。

目錄

《亦報》的好文章

從前在中學裏讀書的時候，總是拿著一本紀念冊求人寫，寫來寫去總是「祝你前途光明！××學姐留念。」或者抄上一首英文詩：「在你的回憶之園中，給我插上一棵勿忘我花。」這是最普遍採用的一首，其次便是「工作的時候工作，遊戲的時候遊戲，……」以下還有兩句，記不清了。最叫人掃興的是那種訓誡式的「為學如逆水行舟，不進則退。」

給人寫紀念冊，也的確是很難下筆的。我覺得在一個刊物的週年紀念的時候寫一篇文章，很像在紀念冊上題字。不過因為是《亦報》，就像是給一個極熟的朋友寫紀念冊，卻又感到另一種困難，因為感想太多，而只能夠寫寥寥幾個字，反而無從寫起來了。

我到店裏去買東西，看見店伙伏在櫃台上看《亦報》，我馬上覺得自己臉上泛起了微笑。又有一次去看醫生，生了病去找醫生，總是懷著沉重的心情的，但是我一眼瞥見醫生的寫字台上攤著一份《亦報》，立刻有一種人情味，使我微笑了。一張報紙編得好，遠遠看見它攤在桌上就覺得眉目清楚，醒目而又悅目。報紙是有時間性的，注定了只有一天的生命，所以它並不要求什麼不朽之作，然而《亦報》在過去一年間卻有許多文章是我看過一遍就永遠不能忘懷的。譬如說十山先生寫的有一篇關於一個鄉村裏的女人，被夫家虐待，她在村裏區裏縣裏和法院裏轉來轉去，竟沒有一個地方肯接受她的控訴，看了這篇文章，方才覺得「無告」這兩個字的意義，真有一種入骨的悲哀。

天天翻開《亦報》，就有機會看到這樣的文字，真要謝謝《亦報》。祝它健康。

•初載於一九五〇年七月二十五日上海《亦報》。

#《張愛玲短篇小說集》自序

我寫的《傳奇》與《流言》兩種集子，曾經有人在香港印過，那是盜印的。此外我也還見到兩本小說，作者的名字和我完全相同，看著覺得很詫異。其實說來慚愧，我寫的東西實在是很少。《傳奇》出版後，在一九四七年又添上幾篇新的，把我所有的短篇小說都收在裏面，成為《傳奇》增訂本。這次出版的，也就是根據那本「增訂本」，不過書名和封面都換過了。

內容我自己看看，實在有些惶愧，但是我總認為這些故事本身是值得一寫的，可惜被我寫壞了。這裏的故事，從某一個角度看來，可以說是傳奇，其實像這一類的事也多得很。我希望讀者看這本書的時候，也說不定會聯想到他自己認識的人，或是見到聽到的事情。不記得是不是《論語》上有這樣兩句話：「如得其情，哀矜而勿喜。」這兩句話給我的印象很深刻。我們明白了一件事的內情，與一個人內心的曲折，我們也都「哀矜而勿喜」吧。

一九五四年七月於香港

編註：《傳奇》乙書，係皇冠張愛玲全集《傾城之戀》、《第一爐香》的初版原書名。

・初載於一九五四年香港天風出版社《張愛玲短篇小說集》。

憶胡適之

一九五四年秋，我在香港寄了本《秧歌》給胡適先生，另寫了封短信，沒留底稿，大致是說希望這本書有點像他評《海上花》的「平淡而近自然」。收到的回信一直鄭重收藏，但是這些年來搬家次數太多，終於遺失。幸而朋友代抄過一份，她還保存著，如下：

愛玲女士：

謝謝你十月廿五日的信和你的小說秧歌！

請你恕我這許久沒給你寫信。

你這本秧歌，我仔細看了兩遍，我很高興能看見這本很有文學價值的作品。你自己說的「有一點接近平淡而近自然的境界」，我認為你在這個方面已做到了很成功的地步！這本小說，從頭到尾，寫的是「飢餓」，——也許你曾想到用「餓」做書名，寫得真好，真有「平淡而近自然」的細緻功夫。

你寫月香回家後的第一頓「稠粥」，已很動人了。後來加上一位從城市來忍不得餓的顧先生，你寫他背人偷吃鎮上帶回來的東西的情形，真使我很佩服。我最佩服你寫他出門去丟蛋殼和棗核的一段，和「從來沒注意到（小蔴餅）吃起來咵嗤咵嗤，響得那麼厲害」一段。這幾段也許還有人容易欣賞。下面寫阿招挨打的一段，我怕讀者也許不見得一讀就能了解了。

你寫人情，也很細緻，也能做到「平淡而近自然」的境界。如131—132頁寫那條棉被，如175, 189頁寫的那件棉襖，都是很成功的。189頁寫棉襖的一段真寫得好，使我很感動。

「平淡而近自然的境界」是很難得一般讀者的賞識的。海上花就是一個久被埋沒的好例子。你這本小說出版後，得到什麼評論？我很想知道一二。

你的英文本，將來我一定特別留意。

中文本可否請你多寄兩三本來，我要介紹給一些朋友看看。

書中160頁「他爹今年八十了，我都八十一了」，與205頁的「六十八嘍」相差太遠，似是小誤。76頁「在被窩裏點著蠟燭」，似乎也可删。

以上說的話，是一個不曾做文藝創作的人的胡說，請你不要見笑。我讀了你十月的信上說的「很久以前我讀你寫的醒世姻緣與海上花的考證，印象非常深，後來找了這兩部小說來看，這些年來，前後不知看了多少遍，自己以為得到不少益處。」——我讀了這幾句話，又讀了你的小說，我真很感覺高興！如果我提倡這兩部小說的效果單止產生了你這一本秧歌，我也應該十分滿意了。

你在這本小說之前，還寫了些什麼書？如方便時，我很想看看。

匆匆敬祝

平安

胡適敬上

一九五五、一、廿五

（舊曆元旦後一日）

適之先生的加圈似是兩用的，有時候是好句子加圈，有時候是語氣加重，像西方文字下面加槓子，講到加槓子，二〇、三〇年代的標點，起初都是人地名左側加一行直線，很醒目，不知道後來為什麼廢除了，我一直惋惜。又不像別國文字可以大寫。這封信上仍舊是月香。書名是左側加一行曲線，後來通用引語號。適之先生用了引語號，後來又忘了，仍用一行曲線。在我看來都是五四那時代的痕迹，「不勝低迴」。

我第二封信的底稿也交那位朋友收著，所以僥倖還在：

適之先生：

收到您的信，真高興到極點，實在是非常大的榮幸。最使我感謝的是您把《秧歌》看得那樣仔細。您指出76頁敘沙明往事那一段可刪，確是應當刪。那整個的一章是勉強添補出來的。至於為什麼要添，那原因說起來很複雜。最初我也就是因為《秧歌》這故事太平淡，不合我國讀者的口味——尤其是東南亞的讀者——所以發奮要用英文寫它。這對於我是加倍的困難，因為以前從來沒有用英文寫過東西，所以著實下了一番苦功。寫完之後，只有現在的三分之二。寄去給代理人，嫌太短，認為這麼短的長篇小說沒有人肯出版。所以我又添出第一二兩章（原文是從第三章月香回鄉開始的），敘王同志過去歷史的一章，殺豬的一章。最後一章後來也補寫過，譯成中文的時候沒來得及加進去。

160頁譚大娘自稱八十一歲，205頁又說她六十八歲，那是因為她向兵士哀告的時候信口胡說，也就像叫化子總是說「家裏有八十歲老娘」一樣。我應當在書中解釋一下的。

您問起這裏的批評界對《秧歌》的反應。有過兩篇批評，都是由反共方面著眼，對於故事本身並不怎樣注意。

我寄了五本《秧歌》來。別的作品我本來不想寄來的，因為實在是壞——絕對不是客氣話，實在是壞。但是您既然問起，我還是寄了來，您隨便翻翻，看不下去就丟下。一本小說集，是十年前寫的，去年在香港再版。散文集《流言》也是以前寫的，我這次離開上海的時候很匆促，一本也沒帶，這是香港的盜印本，印得非常惡劣。還有一本《赤地之戀》，是在《秧歌》以後寫的。因為要顧到東南亞一般讀者的興味，自己很不滿意。而銷路雖然不像《秧歌》那樣慘，也並不見得好。我發現遷就的事情往往是這樣。

《醒世姻緣》和《海上花》一個寫得濃，一個寫得淡，但是同樣是最好的寫實的作品。我常常替它們不平，總覺得它們應當是世界名著。《海上花》雖然不是沒有缺陷的，像《紅樓夢》沒有寫完也未始不是一個缺陷。缺陷的性質雖然不同，但無論如何，都不是完整的作品。我一直有一個志願，希望將來能把《海上花》和《醒世姻緣》譯成英文。裏面對白的語氣非常難譯，但是也並不是絕對不能譯的。我本來不想在這裏提起的，因為您或者會担憂，覺得我把事情看得太容易了，會糟蹋了原著。但是我不過是有這樣一個願望，眼前我還是想多寫一點東西。如果有一天我真打算實行的話，一定會先譯半回寄了來，讓您看行不行。

祝近好

張愛玲

二月廿日

同年十一月，我到紐約不久，就去見適之先生，跟一個錫蘭朋友炎櫻一同去。那條街上一排白色水泥方塊房子，門洞裏現出樓梯，完全是港式公寓房子，那天下午晒著太陽，我都有點恍惚起來，彷彿還在香港。上了樓，室內陳設也看著眼熟得很。適之先生穿著長袍子。他太太帶點安徽口音，我聽著更覺得熟悉。她端麗的圓臉上看得出當年的模樣，兩手交握著站在當地，態度有點生澀。我想她也許有些地方永遠是適之先生的學生，使我立刻想起讀到的關於他們是舊式婚姻罕有的幸福的例子。他們倆都很喜歡炎櫻，問她是哪裏人。她用國語回答，不過她離開上海久了，不大會說了。

喝著玻璃杯裏泡著的綠茶，我還沒進門就有的時空交疊的感覺更濃了。我看的《胡適文存》是在我父親窗下的書桌上，與較不像樣的書並列。他的《歇浦潮》、《人心大變》、《海外續紛錄》我一本本拖出去看，《胡適文存》則是坐在書桌前看的。《海上花》似乎是我父親看了胡適的考證去買來的。《醒世姻緣》是我破例要了四塊錢去買的。買回來看我弟弟拿著捨不得放手，我又忽然一慷慨，給他先看第一二本，自己從第三本看起，因為讀了考證，大致已經有點知道了。好幾年後，在港戰中當防空員，駐紮在馮平山圖書館，發現有一部《醒世姻緣》，馬上得其所哉，一連幾天看得抬不起頭來。房頂上裝著高射炮，成為轟炸目標，一顆顆炸彈轟然落下來，越落越近。我只想著：至少等我看完了吧。

我姑姑有個時期跟我父親借書看，後來兄妹鬧翻了不來往，我父親有一次忸怩的笑著咕嚕了一聲：「你姑姑有兩本書還沒還我。」我姑姑也有一次有點不好意思的說：「這本《胡適文存》還是他的。」還有一本蕭伯納的《聖女貞德》，德國出版的，她很喜歡那米色的袖珍本，說：「他這套書倒是好。」她和我母親跟胡適先生同桌打過牌。戰後報上登著胡適回國的照片，不記得是下飛機還是下船，笑容滿面，笑得像個貓臉的小孩，打著個大圓點的蝴蝶式領結，她看著笑了起來說：「胡適之這樣年青！」

那天我跟炎櫻去過以後，炎櫻去打聽了來，對我說：「喂，你那位胡大博士不大有人知道，沒有林語堂出名。」我屢次發現外國人不了解現代中國的時候，往往是因為不知道五四運動的影響。因為五四運動是對內的，對外只限於輸入。我覺得不但我們這一代與上一代，就連大陸上的下一代，儘管反胡適的時候許多青年已經不知道在反些什麼，我想只要有心理學家榮（Jung）所謂民族回憶這樣東西，像五四這樣的經驗是忘不了的，無論湮沒多久也還是在思想背景裏。榮與弗洛依德齊名。不免聯想到弗洛依德研究出來的，摩西是被以色列人殺死的。事後他們自己諱言，年代久了又倒過來仍舊信奉他。

我後來又去看過胡適先生一次，在書房裏坐，整個一道牆上一溜書架，雖然也很簡單，似乎是定製的，幾乎高齊屋頂，但是沒擱書，全是一疊疊的文件夾子，多數亂糟糟露出一截子紙。整理起來需要的時間心力，使我一看見就心悸。

跟適之先生談，我確是如對神明。較具體的說，是像寫東西的時候停下來望著窗外一片空白的天，只想較近真實。適之先生講起大陸，說「純粹是軍事征服。」我頓了頓沒有回答，因為自從一九三幾年起看書，就感到左派的壓力，雖然本能的起反感，而且像一切潮流一樣，我永遠是在外面的，但是我知道它的影響不止於像西方的左派只限一九三〇年代。我一默然，適之先生立刻把臉一沉，換了個話題。我只記得自己太不會說話，因而耿耿於心的這兩段。他還說：「你要看書可以到哥倫比亞圖書館去，那兒書很多。」我不由得笑了。那時候我雖然經常的到市立圖書館借書，還沒有到大圖書館查書的習慣，更不必說觀光。適之先生一看，馬上就又說到別處去了。

他講他父親認識我的祖父，似乎是我祖父幫過他父親一個小忙。我連這段小故事都不記得，彷彿太荒唐。原因是我們家裏從來不提祖父。有時候聽我父親跟客人談「我們老太爺」，總是牽涉許多人名，不知道當時的政局就跟不上，聽不了兩句就聽不下去了。我看了《孽海花》才感到興趣起來，一問我父親，完全否認。後來又聽見他跟個親戚高談闊論，辯明不可能在簽押房撞見東翁的女兒，那首詩也不是她做的。我覺得那不過是細節。過天再問他關於祖父別的事，他悻悻然說：「都在爺爺的集子裏，自己去看好了！」我到書房去請老師給我找了出來，搬到飯廳去一個人看。典故既多，人名無數，書信又都是些家常話。幾套線裝書看得頭昏腦漲，也看不出幕後事情。又不好意思去問老師，彷彿喜歡講家世似的。

祖父死的時候我姑姑還小，什麼都不知道，而且微窘的笑著問：「怎麼想起來問這些？」因為不應當跟小孩子們講這些話，不民主。我幾下子一碰壁，大概養成了個心理錯綜，一看到關於祖父的野史就馬上記得，一歸入正史就毫無印象。

適之先生也提到不久以前在書攤上看到我祖父的全集，沒有買。又說正在給《外交》雜誌（Foreign Affairs）寫篇文章，有點不好意思的笑了笑，說：「他們這裏都要改的。」我後來想看看《外交》逐期的目錄，看有沒有登出來，工作忙，也沒看。

感恩節那天，我跟炎櫻到一個美國女人家裏吃飯，人很多，一頓烤鴨子吃到天黑，走出來滿街燈火櫥窗，新寒暴冷，深灰色的街道特別乾淨，霓虹燈也特別晶瑩可愛，完全像上海。我非常快樂，但是吹了風回去就嘔吐。剛巧胡適先生打電話來，約我跟他們吃中國館子。我告訴他剛吃了回來吐了，他也就算了，本來是因為感恩節，怕我一個人寂寞。其實我哪過什麼感恩節。

炎櫻有認識的人住過一個職業女子宿舍，我也就搬了去住。是救世軍辦的，救世軍是出名救濟貧民的，誰聽見了都會駭笑，就連住在那裏的女孩子們提起來也都訕訕的嗤笑著。雖有年齡限制，也有幾位胖太太，大概與教會有關係的，似乎打算在此終老的了。管事的老姑娘都稱中尉少校。餐廳裏代斟咖啡的是醉倒在鮑艾里（The Bowery）的流浪漢，她們暫時收容的，都是酒鬼，有個小老頭子，藍眼睛白濛濛的，有氣無力靠在咖啡爐上站著。

有一天胡適先生來看我，請他到客廳去坐，裏面黑洞洞的，足有個學校禮堂那麼大，還有個講台，台上有鋼琴，台下空空落落放著些舊沙發。沒什麼人，幹事們鼓勵大家每天去喝下午茶，誰也不肯去。我也是第一次進去，看著只好無可奈何的笑。但是適之先生直讚這地方很好。我心裏想，還是我們中國人有涵養。坐了一會出來，他一路四面看著，仍舊滿口說好，不像是敷衍話。也許是覺得我沒有虛榮心。我當時也沒有琢磨出來，只馬上想起他寫的他在美國的學生時代，有一天晚上去參加復興會教派篝火晚會的情形。

我送到大門外，在台階上站著說話。天冷，風大，隔著條街從赫貞江上吹來。適之先生望著街口露出的一角空濛的灰色河面，河上有霧，不知道怎麼笑瞇瞇的老是望著，看怔住了。他圍巾裹得嚴嚴的，脖子縮在半舊的黑大衣裏，厚實的肩背，頭臉相當大，整個凝成一座古銅半身像。我忽然一陣凜然，想著：原來是真像人家說的那樣。而我向來相信凡是偶像都有「黏土腳」，否則就站不住，不可信。我出來沒穿大衣，裏面暖氣太熱，只穿著件大挖領的夏衣，倒也一點都不冷，站久了只覺得風颼颼的。我也跟著向河上望過去微笑著，可是彷彿有一陣悲風，隔著十萬八千里從時代的深處吹出來，吹得眼睛都睜不開。那是我最後一次看見適之先生。

我二月裏搬到紐英倫去，幾年不通消息。一九五八年，我申請到南加州亭亭屯・哈特福基金會去住半年，那是A&P超級市場後裔辦的一個藝文作場，是海邊山谷裏一個魅麗的地方，前年關了門，報上說蝕掉五十萬。我寫信請適之先生作保，他答應了，順便把我三四年前送他的那本《秧歌》寄還給我，經他通篇圈點過，又在扉頁上題字。我看了實在震動，感激得說不出話來，寫都無法寫。

寫了封短信去道謝後，不記得什麼時候讀到胡適返台消息。又隔了好些時，看到噩耗，只惘惘的。是因為本來已經是歷史上的人物？我當時不過想著，在宴會上演講後突然逝世，也就是從前所謂無疾而終，是真有福氣。以他的為人，也是應當的。

直到去年我想譯《海上花》，早幾年不但可以請適之先生幫忙介紹，而且我想他會感到高興的，這才真正覺得適之先生不在了。往往一想起來眼睛背後一陣熱，眼淚也流不出來。要不是現在有機會譯這本書，根本也不會寫這篇東西，因為那種倉皇與恐怖太大了，想都不願意朝上面想。

譯《海上花》最明顯的理由似是跳掉吳語的障礙，其實吳語對白也許並不是它不為讀者接受最大的原因。亞東版附有幾頁字典，我最初看這部書的時候完全不懂上海話，並不費力。但是一九三五年的亞東版也像一八九四年的原版一樣絕版了。大概還是興趣關係，太欠傳奇化，不sentimental。英美讀者也有他們的偏好，不過他們批評家的影響較大，看書的人多，比較容易遇見識者。十九世紀英國作家喬治・包柔（George Borrow）的小說不大有人知道——我也看不進去——但是迄今美國常常有人講起來都是喬治・包柔迷，彼此都欣然。

要是告訴他們中國過去在小說上的成就不下於繪畫磁器，誰也會露出不相信的神氣。要說中國詩，還有點莫測高深。有人說詩是不能譯的。小說只有本《紅樓夢》是代表作，沒有較天真的民間文學成分。《紅樓夢》他們大都只看個故事輪廓，大部份是高鶚的，大家庭三角戀愛，也很平常。要給它應得的國際地位，只有把它當作一件殘缺的藝術品，去掉後四十回，可能加上原著結局的考證。我十二三歲的時候第一次看，是石印本，看到八十一回「四美釣游魚」，忽然天日無光，百樣無味起來，此後完全是另一個世界。最奇怪的是寶黛見面一場之僵，連他們自己都覺得滿不是味。許多年後才知道是別人代續的，可以同情作者之如芒刺在背，找到些藉口，解釋他們態度為什麼變了，又匆匆結束了那場談話。等到寶玉瘋了就好辦了。那時候我怎麼著也想不到是另一個人寫的，只曉得寧可再翻到前面，看我跳掉的作詩行令部份。

在美國有些人一聽見《海上花》是一八九四年出版的，都一怔，說：「這麼晚……差不多是新文藝了嘛！」也像買古董一樣講究年份。《海上花》其實是舊小說發展到極端，最典型的一部。作者最自負的結構，倒是與西方小說共同的。特點是極度經濟，讀著像劇本，只有對白與少量動作。暗寫、白描，又都輕描淡寫不落痕迹，織成一般人的生活的質地，粗疏、灰撲撲的，許多事「當時渾不覺」。所以題材雖然是八十年前的上海妓家，並無艷異之感，在我所有看過的書裏最有日常生活的況味。

胡適先生的考證指出這本書的毛病在中段名士美人大會一笠園。我想作者不光是為了插入他自己得意的詩文酒令，也是表示他也會寫大觀園似的氣象。凡是好的社會小說家——社會小說後來淪為黑幕小說，也許應當照novel of manners譯為「生活方式小說」——能體會到各階層的口吻行事微妙的差別，是對這些地方特別敏感，所以有時候階級觀念特深，也就是有點勢利。作者對財勢滔天的齊韻叟與齊府的清客另眼看待，寫得他們處處高人一等，而失了真。

管事的小贊這人物，除了為了插入一首菊花詩，也是像「詩婢」，間接寫他家的富貴風流。此外只有第五十三回齊韻叟撞見小贊在園中與人私會，沒看清楚是誰。回目上點明是一對情侶，而從此沒有下文，只在跋上提起將來「小贊小青挾貲遠遁」，才知道是齊韻叟所眷妓女蘇冠香的婢女小青。丫頭跟來跟去，不過是個名字而已，未免寫得太不夠。作者用藏閃法，屢次借回目點醒，含蓄都有分寸，扣得極準，這是唯一的失敗的例子。我的譯本刪去幾回，這一節也在內，都仍舊照原來的紋路補綴起來。

像趙二寶那樣的女孩子太多了，為了貪玩、好勝而墮落。而她仍舊成為一個高級悲劇人物。窩囊的王蓮生受盡沈小紅的氣，終於為了她姘戲子而斷了，又不爭氣，有一個時期還是回到她那裏。而最後飄逸的一筆，還是把這回事提高到戀夢破滅的境界。作者儘管世俗，這種地方他的觀點在時代與民族之外，完全是現代的，世界性的，這在舊小說裏實在難得。

但是就連自古以來崇尚簡略的中國，也還沒有像他這樣簡無可簡，跟西方小說的傳統剛巧背道而馳。他們向來是解釋不厭其詳的。《海上花》許多人整天蕩來蕩去，面目模糊，名字譯成英文後，連性別都看不出。才摸熟了倒又換了一批人。我們「三字經」式的名字他們連看幾個立刻頭暈眼花起來，不比我們自己看著，文字本身在視覺上有色彩。他們又沒看慣夾縫文章，有時候簡直需要個金聖嘆逐句夾評夾註。

中國讀者已經摒棄過兩次的東西，他們能接受？這件工作我一面做著，不免面對著這些問題，也老是感覺著，適之先生不在了。

・初載於一九六八年二月《香港明報》月刊第二十六期。

談看書

近年來看的書大部份是記錄體。有個法國女歷史學家佩奴德（Regine Pernoud）寫的艾蓮娜王后傳——即《冬之獅》影片女主角，離婚再嫁，先後母儀英法二國——裏面有這麼一句：「事實比虛構的故事有更深沉的戲劇性，向來如此。」這話恐怕有好些人不同意。不過事實有它客觀的存在，所以「橫看成嶺側成峰」，的確比較耐看，有回味。譬如小時候愛看《聊齋》，連學它的《夜雨秋燈錄》等，都看過好幾遍，包括《閱微草堂筆記》，儘管《閱微草堂》的冬烘頭腦令人髮指。多年不見之後，《聊齋》覺得比較纖巧單薄，不想再看，純粹記錄見聞的《閱微草堂》卻看出許多好處來，裏面典型十八世紀的道德觀，也歸之於社會學，本身也有興趣。紀昀是太平盛世的高官顯宦，自然沒有《聊齋》的社會意識，有時候有意無意輕描淡寫兩句，反而收到含蓄的功效，更使異代的讀者感到震動。例如農忙的季節，成群到外鄉「插青」的農婦，偶而也賣淫，當地大戶人家臨時要找個女人，她們公推一個少婦出來，她也

「俛首無語」。夥伴間這樣公開，回去顯然瞞不住，似乎家裏也不會有問題，這在中國農村幾乎不能想像，不知道是否還是明末兵燹，滿清入關後重大破壞的結果。手邊無書，可能引錯。這又已經六七年了，也說不定都纏夾，「姑妄言之」（紀昀的小標題之一）。

又有三寶四寶的故事：兩家鄰居相繼生下一男一女，取名三寶四寶，從小訂了婚，大家嘲笑他們是夫妻，也自視為夫婦。十三四歲的時候逃荒，路上被父母賣到同一個大戶人家，看他們的名字以為是兄妹，鄉下孩子也不敢多說。內外隔絕，後來四寶收房作妾，三寶抑鬱而死。四寶聽見這消息，才哭著把他們的關係告訴別的婢媪，說一直還想有這麼一天團聚，現在沒指望了。長嚎了幾聲，跳樓死了。轉述這件新聞的人下評語說：「異哉此婢，亦貞亦淫，不貞不淫。」惋惜她死得太晚。紀昀總算說他持論太嚴，不讀書的人，能這樣也就不容易了。

這裏的鬼故事有一則題作〈噴水老婦〉，非常恐怖：一個人宿店，夜裏看見一個肥胖的老婦拿著燙衣服用的小水壺，嘴裏含著水噴射，繞著院子疾走。以為是隔壁裁縫店的人，但是她進屋噴水在大炕上睡的人臉上，就都死了。他隔窗窺視，她突然逼近，噴濕了窗紙，他立刻倒地昏迷不醒，第二天被人發現，才講出這件事。這故事有一種不可思議，而又有真實感，如果不是真事，至少也是個惡夢。但是《閱微草堂》的鬼狐大都說教氣息太濃，只有新疆的傳說清新渾樸，有第一手敘述的感覺。當地有紅柳樹，有一尺來高的小人叫紅柳娃，衣冠齊整，捉到了，會呦呦做聲哀告叩頭。放它走，跑了一段路又返身遙遙叩首，屢次這樣，直到追不上為止。

最近讀到「棉內胡尼」的事，馬上想起紅柳娃。夏威夷據說有個侏儒的種族，從前佔有全部夏威夷群島，土著稱為棉內胡尼（Menehuni）。內中氣候最潮濕的柯艾島——現在的居民最多祖籍日本的菜農——山林中至今還有矮人的遺民，晝伏夜出，沿岸有許多石砌的魚塘，山谷中又有石砌溝渠小路，都是他們建造的。科學家研究的結果，暫定棉內胡尼確實生存過，不過沒有傳說中那麼小。像愛爾蘭神話中的「小人」（little people）與歐洲大陸上的各種小精靈，都只是當地早先的居民，身材較瘦小。棉內胡尼與夏威夷人同種，是最早的一波移民，西曆十二世紀又來了一波，自南方侵入，征服了他們。柯艾島似乎是他們最後的重鎮，躲在山上晝伏夜出，有時候被迫替征服者造石階平台等工程。據說只肯夜間工作，如果天明還沒完工，就永遠不造成。

後來他們大概絕了種，或者被吸收同化了，但是仍舊有人在山間小路上看見怪異的侏儒，神出鬼沒。有個檀香山商人，到這荒山上打獵，夜間聽見人語聲，是一種古老的夏威夷方言，而他們這一行人始終沒看見這山谷裏有人烟。檀香山又有個科學家到這島上收集標本，在山洞裏過夜，聽見像是釘鎚敲打石頭的聲音，驚醒了在洞口張望，看見小徑上有一點燈光明滅。他喊叫著打招呼，燈光立即隱去。第二天早上看見地下補上新石頭，顯然在修路。以為是私販釀酒搬運下山，告訴老夏威夷人，卻微笑著說：「棉內胡尼只打夜工。」——見夏威夷大學葛羅夫・戴教授（A. Grove Day）編《夏威夷的魅惑》（The Spell of Hawaii）散文選。

人種學家瑟格斯（R. G. Suggs）說：「夏威夷的『棉內胡尼』傳說，在南太平洋有些別的島上也有，其他的太平洋島嶼也有。出自一個共同的神話底層……夏威夷從來沒有過漆黑的侏儒。」原來棉內胡尼非常黑，會不會是指菲律賓小黑人？馬來亞、安達門群島、新幾內亞、澳洲東北角森林也有小黑人，台灣殘存的少數「矮人」想必也是同種。現在零零碎碎剩下不多了，原先卻是亞洲最早出現的人種之一，結集處分佈很廣。戴教授說科學家「暫定」夏威夷有過矮人，大概因為夏威夷從未有過小黑人，所以認為與夏威夷人同種。同種而稍矮，似乎不會給傳得這麼玄乎其玄。

前面引瑟格斯的話，在他的書《泡麗尼夏的島嶼文化》裏面。夏威夷、塔喜堤等群島統稱泡麗尼夏，書中說島人來自華南、廣州、海南島一帶。因為漢族在黃河流域勢力膨脹，較落後的民族被迫往南搬，造成一串連鎖反應，波及到東南亞。考古學發現四千年前華南沿海居民已經有海船，在商朝以前就開始向海外發展。港台掘出的石器陶器，代表當時華南的文化，用石頭搥搗樹皮作布，也跟夏威夷一樣——為求通俗，以下概用夏威夷代表泡麗尼夏——尤其是一種梯級形鑿子，柄部一邊削掉一塊，拿著比較伏手，是夏威夷石鑿的特徵，起源於華南內陸與沿海，亞洲別處都沒有。

夏威夷人相信他們來自西方日落處一個有高山的島，「夕陽裏的故鄉夏威基（Hawaiki）」，原來夏威夷就是多山的華南越南海岸，也確是在西邊。

夏威夷又有大木筏，傳說有人駕著七級筏子回夏威基，兩層在水底。有的回去了又出來，也有的留在大陸被同化了。這樣說來，他們是最早的華僑，三四千年前放洋，先去菲律賓，南下所羅門群島，也許另有一支沿東南亞海岸到印尼。西漢已經深入南太平洋，東漢從塔喜堤航行三千英里，發現夏威夷，在太平洋心真是滄海一粟，竟沒錯過，又沒有指南針，全靠夜觀星象，白天看海水的顏色，雲的式樣。考古學家掘出從前船上帶著豬、雞、農植物種子，可見是有計畫的大規模移民，實在是人類史上稀有的奇蹟。同一時代西方中東的航海家緊挨著海岸走，都還當樁大事。

我們且慢認僑胞。語言學家戴安（I. Dyen）根據計算機分析，認為夏威夷人另有發源地，在所羅門群島東南，紐海不列斯或邊克斯群島，島人打魚為生，約在五千年前就在大洋面上航行，往西到印尼、菲律賓、台灣通商，又不知道在東南亞什麼地方學到農業，印尼等地都還沒有。倒了過來自東而西，推翻了前此一切從亞洲出海東行的理論，——日本人相信他們的祖先來自東方日出處，不知道是否指這批東來的航海者。當地本來已經有土著，但是他們有理由對這一支引以為榮。許多民間傳說都像荷馬史詩一樣在近代證實了。

夏威夷究竟是亞洲出去的還是西太平洋上來的，論爭還在進行中，最傾向後一說的較多：先向西發展到東南亞，再向東擴張，商朝中葉的時候發現塔喜堤，是少數人遇見風暴漂流去的，內中有印尼人。他們有計畫的移民只限二三百英里之遙，長程的都是颶風吹去或是潮流送去。此外又有秘魯的印第安人乘筏子漂流到塔喜堤，都混合成為一族。後來發現夏威夷，也是無意中漂流到的，不是像名著小說與影片《夏威夷》中的壯舉。——見魏達（A. P. Vayda）編《太平洋的民族與文化》——事實往往就是這樣殺風景。

瑟格斯說夏威夷黑侏儒的傳說，許多別的島上都有，「出自一個共同的神話底層」，換句話說，是大家共同的意識下層醞釀出來的神話，也就是所謂「種族的回憶」。南太平洋島人的潛意識裏都還記得幾千年前在菲律賓、台灣、馬來半島遇見的小黑人。

夏威夷與塔喜堤語言大同小異，至今塔喜堤人稱下層階級的人為「棉內胡尼」，這名詞顯然是他們先有，帶到夏威夷去的。瑟格斯認為在史前的夏威夷，大概「棉內胡尼」也是指下等人，然後移用在神話中的矮人身上，「是輕侮下層階級的表示」。

我覺得可能有個較簡單的解釋：夏威夷人稱神話中的矮人為「下等人」，因為矮人曾經被奴役，是下等人。非洲也有小黑人，躲在剛果森林裏很少露面，但是對當地的黑人一向臣服。黑人不但體力優越，已經進化到鐵器時代農業社會，小黑人打了獵來獻上野味，交換香蕉鐵器陶器。夏威夷人當初在東南亞，與小黑人也許是類似的情形。夏威夷神話裏的矮人只肯做夜工，那是被迫服役，而又像非洲小黑人一樣怕羞，胆怯避人，所以乘夜裏來砌牆築路。如果是這樣，那麼「棉內胡尼」這名詞有一個時期兼指小黑人與下層階級，因為二者是二而一的。塔喜堤人移植夏威夷，失去聯絡後，語言分別發展，各自保存了「棉內胡尼」兩個意義中之一，另一失傳。這樣似乎也還近情理。

前面引戴教授書上說，棉內胡尼與歐洲民間傳說的小精靈一樣，不過是比較矮小的較早的居民。現在我們知道棉內胡尼其實不是夏威夷本土的，而是夏威夷人第二故鄉的小黑人。歐洲沒聽說有過小黑人。傳說的小人會不會也就是小黑人，也是悠遠的種族的回憶中的事，不在歐洲？

歐洲的小精靈裏面，有一種小妖叫「勃朗尼」（Brownie——即「褐色的東西」），人形而極小，是成年男子，脾氣好，會秘密幫助人料理家務，往往在夜間，人不知鬼不覺，已經給做好了，與棉內胡尼的行徑如出一轍，不過一個在家裏當差，一個在戶外幹活。現代英美有一支女童子軍穿褐色制服，叫勃朗尼，顧名思義，是叫她們做主婦的助手。也有男童勃朗尼。又有勃朗尼牌子的廉價攝影機，後來凡是便宜的照相機都叫勃朗尼。美國人常吃一種粗糙的巧克力果仁糕，切小長方塊，也叫勃朗尼。諺語「勃朗尼工作」指無報償的辛勤工作，為人作嫁。兒童故事插圖上畫勃朗尼總畫他們穿著咖啡色的中世紀緊身呢襖，同色袴襪，通身褐色，其實「褐色的東西」指膚色的可能性較大。顯然是替白人服役的小黑人——小黑人都是棕色皮膚，不很黑。

歐洲沒有小黑人，這是亞洲還是非洲的？·威廉·浩伍士（Howells）——著有《人類在形成中》（Mankind in the Making）——認為兩大洲的小黑人同是非洲黑人變小，亞洲的是從非洲去的，但也承認兩處的小黑人並不相像，倒反而是亞洲的比較像非洲黑人。非洲的小黑人頭大身小，臂長腿短，不像亞洲的勻稱。黑人行多妻制，有時候貪便宜，娶小黑人做老婆，黑女人卻沒有肯嫁小黑人的，也吃不了剛果森林裏生活的苦處。——賽亞國（前剛果）今年二月初徵了一千名小黑人入伍當兵，不知道是否吸收同化的先聲。

亞洲附近沒有真正的黑人，所謂「海洋洲黑人」如所羅門群島人並不鼻孔朝天、厚嘴唇，頭髮也不一定是密鬈，也有波浪形或是直頭髮。亞洲小黑人頭髮卻與非洲大小黑人一樣。身量高矮，兩千年左右就可以變過來，面貌毛髮卻不容易改變。浩伍士認為這種特殊的頭髮，倘是適應環境分別進化，也不會這樣完全一樣。

他推測非洲小黑人是因為乾旱避入森林，適應環境，才縮小的，在林中活動較便。然後沿著「熱帶森林帶」，一直擴展到南亞、東南亞，途中只有阿拉伯是沙漠，史前氣候雖然屢經變遷，始終沒有過熱帶森林，小黑人過不去。浩伍士也承認這是個疑問。但是他們縮小的原因並不確定，有人認為是缺乏鈣質與鹼。（見胡騰——E. A. Hooton——著《出身猿猴》Up from the Apes）在森林裏藏身，是被大一號的人壓迫，那是他們的避難地區，起初到處住得，例如柏賽爾（J. Birdsell）等發現小黑人最初到澳洲遍佈全大陸，顯然並不是必須依附熱帶森林。

究竟非洲小黑人是否黑人變小，也還是個疑問。根本黑人本身的來源就是個謎。至今沒有發現黑人遠古的化石骨殖。這可能是因為黑人發源於西非熱帶森林內，氣候濕熱，骨骼很難保存。先有黑人還是先有小黑人，像「先有雞還是先有雞蛋？」也是個謎。大小黑人並不怎麼相像，小黑人比亞洲小黑人還更不黑，也許是世代在森林裏晒不到太陽，變白了。膚色灰黃，至多淡褐色，有的眼睛也淡褐色，窄長臉，薄嘴唇，鼻孔不掀，比黑人眉骨高，頭圓，鬍子多，汗毛重，往往渾身紅毛。但是天生老相，臉上頸子上都是極深的皺紋，確是像「老縮了」的人。多數人種學家相信他們另有多毛的個子不矮的祖宗，不是黑人，黑人是後起的種族。中國春秋的時候，波斯人、迦太基人到西非，都說人口稀少，只有小黑人。——見庫恩（C. S. Coon）著《人類的故事》（The Story of Man）。

四〇年代有個人種學家莫維斯（H. L. Movius）在地圖上畫了道線，沿著天山，下接喜馬拉雅山，到印度洋為止，人稱「莫維斯線」；過去一百萬年間，直到一萬年前最後一個冰河時代結束，這一帶地方都沒有人類，兩千英里的「無人區」，隔離了黃種白種人。只有夏季有個溫暖的走廊穿過新疆，可能突破莫維斯線——至少突破過一次，抵達山西，南邊也有一次從印度到印尼。但是直到一兩萬年前冰河解凍，莫維斯線以東可以說沒有白人，只有黃種人與澳洲人種——澳洲土人是從東南亞下去的，本來華南也有。——近兩年世界女網球單打冠軍賽選手伊鳳．古萊剛就是澳洲土人，大家也許都看見過照片，是個黑裏俏的少女。土人都是波浪形黑頭髮，膚色蒼黑，不像黑人黑得發亮，也有金黃色鬈髮，有些人種學家稱為早期白種人，體型也相近，毛髮特別濃重，像北海道的蝦夷。庫恩只承認蝦夷是白種，來歷不清楚，也許是最近一萬年內來到東北亞。他將澳洲土人列為另一主要人種，視為最古老的人類，還保留人猿時代有些特點，如多毛，眉骨特高等等。這兩派主張其實分別不大，因為另一派認為白人是最古老的人種，澳洲土人又是白人中最古老的一支。庫恩也將白人列為一個古老的人種。

他寫澳洲人種在東方與黃種人平分秋色，幾十萬年來邊界開放，華南兩廣是他們的接觸區。在與黃種人接觸之際或之前，不知道什麼時候，澳洲人種有一部份人變小了，成為海洋洲小黑人，與非洲小黑人不相干。

庫恩提出血型、指紋的研究作證。指紋的式樣分三種。我們小時候只聽見說有「螺」與「簸箕」的分別，螺是圓的，十隻手指上，螺越多越好，聚得住錢，但是又說「男人簸箕好，會賺錢，把錢劃回家來。女人螺好，會積錢。」「手上沒螺，拿東西不牢。」老是掉在地下砸破了。第三種指紋卻沒有聽見過，叫「穹門形」，幾乎全是平行線，近指尖方才微拱，成為一個低塌的穹門。我們沒聽見說，大概因為少。全世界各種族，穹門形指紋沒有超過百分之八的。唯一的例外是非洲小黑人與南非另一種五短身材黃褐皮色的「布史門」人（Bushman），與幾個新近與小黑人通婚的黑人部落，穹門形佔百分之十至十六。在歐洲、西亞、非洲、印度（限印度教徒），簸箕最多，佔百分之五十二至七十五；包括非洲小黑人、布史門人，也包括蝦夷。印度人雖黑，也是白種。換句話說：白種人與非洲人簸箕最多。黃種人（包括印第安人）螺較多，最高有百分之五十以上。澳洲土人、海洋洲小黑人螺最多，最低限度也有百分之五十以上。

因此從指紋上看來，海洋洲小黑人與澳洲土人是近親，而與非洲小黑人毫無關係；凡是非洲人，都與白種人接近。莫維斯線以西，黑白種人顯然打成一片，但是內中非洲兩種矮人又自成一系。印第安人是一兩萬年前冰河時代末期從西伯利亞步行到美洲的，黃種成分居多，「紅種」這名詞已經作廢。澳洲土人雖然黑，雖然長相像白種人，卻與黑白種人相距最遠，倒是黃種人居中。這也符合庫恩書上，根據血型多寡排列的一張種族關係表。——書名《現今的種族》（The Living Races）。

個人的血型不是像父親就是像母親。中國從前判案，當堂滴血測驗父子關係，還真有點道理。當然如果像母親就冤枉了，但是也可能父母同型，而且遺傳性是父方的影響更強，所以還是出岔子的可能性不太大。

一個種族內，各種血型多寡的比率，以及指紋、耳蠟——黃種人耳蠟鬆碎，黑白種人耳蠟油膩，澳洲土人則未經調查——這幾種遺傳性，不是適應環境養成的，比較固定，用來判別種族比較可靠。但是也有人指出，可能移民年代太久，同族也會分道發展，異族接壤通婚，也會同化。而且血型多寡雖說與適應環境無關，有些血型——例如B型——對於有些流行病抵抗力較強。如果瘟疫流行，A、O血型的人大批死去，這地區B型的比率勢必增加，所以血型多寡還是受環境影響。根據血型等等推斷種族來源，也不能完全作準，只能供參考。海洋洲小黑人與澳洲人種血型指紋相像，也許是長期雜居的結果。

剛恩（S. M. Garn）——著有《人類的種族》（Human Races），認為兩大洲小黑人可能是一個來源，也可能不是，「但是至少可以說：大概有個共同的原籍在太平洋岸」——指東亞沿海。

胡騰相信澳洲土人是早期白種人攙入小黑人血液，現代人裏面最與蝦夷相近。蝦夷從前可能橫跨亞洲，蔓延到歐洲俄國西部都有。俄國農民大概蝦夷的成分很大。

胡騰把小黑人分作「嬰兒型」與「成人型」（也就是老相）兩種。據他說，剛果森林裏兩種都有，新幾內亞內地山上也兩種都有，馬來半島大概也都有。菲律賓、安達門群島只有「嬰兒型」，稍微高些、黑些，黑眼睛，體毛鬍鬚不多，但是比黑人多毛。「嬰兒型」大概後起。非洲與海洋洲都是兩種都有。他認為兩大洲小黑人同源，發源地應當是一個中間區域——亞洲。亞洲別的種族比他們高大健壯，又比他們進化，把他們排擠到邊遠地區，分投東西兩端，到他們現在的居留地。小黑人的祖先並不矮，是最初還不分種族的人，比較接近早期白種人。多數人種學家相信非洲小黑人的祖先是普通身材、多毛的「非黑人」，也跟胡騰心目中的一切小黑人的祖宗相差不遠。「非黑人」也「非黃種」，因為黃種人不多毛，而早期白種人比現在還更是「老毛子」。

胡騰分析印第安人的血統，敘述他們在一兩萬年前遠足赴美的時候，黃種人、「澳、蝦」早期白人、現代型白人，與剛果變小的小黑人都在東亞「轉來轉去」。不論小黑人變小是在亞洲哪一部份，從東亞去非洲，從西亞或南亞到東亞，新疆都是必經之地，應當有過小黑人。「紅柳娃」就是躲在紅柳樹林裏的小黑人，當然沒有後來傳說的那麼小，而且非常原始，不穿衣服，不會衣冠楚楚。把他們打扮成華麗的玩偶，這是新疆人的幻想加上去的唯一的裝點。

關內就沒有小人的傳說。筆記裏偶然有狐仙幻化小人的故事，但是那又是一回事。——原因可能是黃種人裏的漢族始終與小黑人隔離，漢族擴展後，小黑人已經分投深山密林海島藏匿，東亞大陸上與小黑人共處過的，走的走了，留下的沉沒在漢文化裏，失落了種族的回憶。

新疆與俄屬中亞同是西域，直到一千年前還通行印歐系語言，大概是波斯話。印歐系語言最初傳入歐洲，是三四千年前從俄國南部帶到英倫三島，稱為早期賽爾梯克（Celtic）語言，大概是德國人帶去的。同時也帶到法國西班牙，後來羅馬興起，才被拉丁文取代。歐洲神話裏的小人似乎在愛爾蘭、威爾斯這兩個賽爾梯克國度傳說最盛，德國次之。顯然這民間傳說是跟著第一波印歐語言西來，在拉丁國家就沒扎下根。英國本身被腦曼人征服過，多少有點拉丁化，對這些小精靈不太認真。荷蘭鄰近德國，也有地仙式的矮人的傳說，殖民美洲的時候帶到北美，寫進華盛頓‧歐文的《李伯大夢》小說。格林童話《白雪公主與七矮人》裏面的，也同是與實生活裏的侏儒一樣大，頭大身小，發育不均，顯然就是胡騰所謂「成人型」小黑人，是原有的一種——「嬰兒型」後起。神話中的矮人當是傳說初期，還是小黑人的原形，後來逐漸加油加醬，種類繁複，如褐衣小人「勃朗尼」只有尺來高，都是渾身勻稱。

字典上「勃朗尼」歸入小仙人（fairy）類，都是人形而較小，也大小不一。小仙人有翅膀會飛。非洲小黑人能像猴子似的在樹梢飛躍，「會飛」大概是從這上面來的，所以不像天使的翅膀有羽毛，而是蟬翼式，透明，似有若無。大仙人大都是美貌的成年人，也有男有女，有好有壞，最小的只有兩三吋高，但是多數有「三尺之童」那樣——小黑人身長四呎以上。我覺得這一點最有興趣，因為凡是臆造的小人國，小人總是至多一兩呎高，決不會只比我們矮那麼一截子。其實比例稍微改變一點，會有一種超現實的怪異感。專憑幻想就是想不到。這一點，西方電影戲劇也從來沒有表達出來，總是用小女孩演小仙人，連灰姑娘的教母也沒扮出成年婦女的模樣，再不然就是普通女演員，穿上有翅膀的小仙人服裝，顯得狼犺笨重。近代由於影劇的影響，已經漸漸忘了小仙人比人小。

另有一種穿綠的小人叫「艾爾夫」（Elf），大都在山區——海洋洲的小黑人也是大都在多山的地方——愛捉弄人，所以漸漸給說成頑童，本來似乎多數是青壯年，在草叢中出沒，運氣好的人遇見他們，碰他們的高興，有時候會發現一小罐金子。聖誕老人有許多艾爾夫幫他製造玩具，分贈全世界兒童，這是近人附會。艾爾夫似乎不事生產，代表不馴服的小黑人，對人好起來非常好，但是喜歡惡作劇，容易翻臉。綠衣似是象徵性，住在樹林裏的原始人都善於隱蔽自己，往往對面不見人，所以在傳說中變成穿著保護色的衣服，像俠盜羅賓漢麾下的「綠色人」。

又有一種醜陋的老頭子叫「諾姆」（Gnome），住在地洞裏守礦或看管寶藏，像守庫神一樣，會嚇唬人，使可怕的事故發生。也像一群艾爾夫看守一罐子金子，窖藏的主題屢次出現，使人聯想到太平天國的藏鏹、北非維希政府埋藏的金條，都是戰敗國藏匿資金的傳說，引起無數掘寶的故事。顯然原始人在土地被佔領後，轉入地下，也有他們珍視的東西埋在地裏。至於礦藏所在地，古代部落本來都秘不告人，淪陷後也許仍舊暗中守護，嚇退開礦的人，或者暗加阻撓。也不一定是老頭子出馬，也就是天生老相的小黑人。

現代有個英文名詞：「祖利克的諾姆」，指瑞士銀行家——祖利克這城市是瑞士金融中心——為了吸收資金，特創隱名存戶制度，代守秘密，在國際金融界特別具有神秘色彩，像看守窖藏的地底小老妖。

還有一種隱形的叫「格軟木林」（Gremlin），調皮淘氣，與這些小老頭子同屬妖魔類，都對人類不懷好意。韋布斯特字典上說：「二次世界大戰，有些飛行員說有格軟木林作祟，使飛機發生故障。」二十世紀中葉的空軍還相信這些，真是奇談，也可見這傳說實在源久流長。

格軟木林這名詞有時候也活用，例如本年一月初美國《新聞週刊》上，華盛頓「議會僱員格軟木林們」選出十大邋遢議員，衣著最不整潔，不入時。稱議會僱員為格軟木林，因為是議員各自僱用的幕僚與職員，沒沒無聞，做幕後工作，永不出頭露面，等於隱形小妖。

汽車也有個新出的牌子叫格軟木林，號稱「成本最低的美國製汽車」，表示坦白，成本低當然廉價。取這名字是極言其小而神出鬼沒。原先的格軟木林當是小黑人被淘汰後剩下極少數遺民，偶而下山偷襲，做破壞工作，事後使人疑神疑鬼。

至今英美兒童還買來玩的有一種小型烟火，叫「仙光」（fairy lights），一尺多長的一根木籤握在手裏，另一端不斷地爆出藍色火星。大概算是小仙人作法的魔杖，但是最初可能是代表點火棒，也是「火攻」的武器。原始人常常隨身攜帶火種。有些民族已經發現了火的功用，但是不懂得怎樣鑽木取火，例如安達門群島的小黑人。這一群島嶼剛發現的時候，島上不許別的種族上岸，因此小黑人成分最純，他們就不會取火。那更要把火種帶來帶去，不讓它熄滅。

又，草地上生一圈菌類，叫「仙環」（fairy ring），是一群小仙人手牽手跳圓舞，像「步步生蓮花」一樣生出來的。蘑菰有時候有毒，這是小黑人絕迹後已經被美化，仍舊留下的一絲戒備的感覺。

這一大套傳說，內容複雜豐富，絕對不是《鏡花緣》或《葛利伐遊記》裏面的穿心國、大人國、小人國可比。是傳統、時間與無數人千錘百鍊出來的。傳到後來神話只有孩子們相信，成了童話。西方童話裏超自然的成分，除了女巫與能言的動物，竟全部是小型人，根據小黑人創造的。美妙的童話起源於一個種族的淪亡——這具有事實特有的一種酸甜苦辣說不出的滋味。

前面引了許多人種學的書，外行掉書袋，實在可笑。我大概是嚮往「遙遠與久遠的東西」（the faraway and long ago），連「幽州」這樣的字眼看了都森森然有神秘感，因為是古代地名，彷彿更遠，近北極圈，太陽升不起來，整天昏黑。小時候老師圈讀《綱鑑易知錄》，《鋼鑑》只從周朝寫起，我就很不滿。學生時代在港大看到考古學的圖片，才發現了史前。住在國外，圖書館這一類的書多，大看之下，人種學又比考古學還更古，作為逃避，是不能跑得更遠了。逃避本來也是看書的功用之一，「吟到夕陽山外山」，至少推廣地平線，胸襟開闊點。

前文引庫恩等，也需要聲明一點，庫恩在他本國聲譽遠不及國外，在英國視為權威，美國現在多數人種學家都攻擊他的種族研究迹近種族歧視。胡騰是哈佛教授，已經逝世，那本書是一九四六年改寫再版，年代較早，所以不像庫恩成為眾矢之的。我覺得時代的眼光的確變得很厲害，譬如《金銀島》作者斯提文生，他有個短篇小說，不記得題目是否叫《瓶》（The Bottle），套《天方夜譚》神燈故事，背景在夏威夷，寫土著有些地方看著使人起反感。這是因為現代人在這方面比前人敏感——當然從前中國人也就常鬧辱華，現在是普遍的擴大敏感面——但這是道德與禮俗的問題，不應當影響學術。庫恩書中一再說今後研究種族有困難，有人認為根本沒有種族這樣東西，只有遺傳的因子。大概他最招忌的是說黃種白種人智力較高，無形中涉及黑人教育問題，是美國目前最具爆炸性的題目之一。其實庫恩認為黑種白種人在史前也就一直參雜，對於有種族觀念的白人是個重大的打擊。但是反對派認為用骨骼判別種族不可靠，光靠血型也不行，而且血型往往無法查考，因此絕口不談來歷，只研究社會習俗，以資切磋借鏡，也就是社會人種學。

二次世界大戰末，是聽了社會人種學家的勸告，不廢日皇，結果使日軍不得不「齊解甲」，——見黑斯（H. R. Hays）編《自猿猴到天使》選集引言——可見社會人種學在近代影響之大。這本書特別提到瑪格麗·米德研究撒摩亞——也是個泡麗尼夏島嶼——的青少年，促進西方二〇年代末的性的革命——比最近的一次當然中庸些——此後她研究新幾內亞幾個部落，又發現兩性陽剛陰柔的種種分別大部份都是環境造成的。這學說直到最近才大行其道，反映在「一性」化的髮型衣飾上，以及男人帶孩子料理家務等等，不怕喪失男子氣。近十年來也許由於西方的一種徬徨的心理，特別影響社會風氣，難怪米德女士成為青年導師，婦運領袖，一度又提倡「擴展家庭」，補救原子家庭的缺點，例如女人被孩子絆住了，妨礙婦女就業。「擴展家庭」比大家庭更大，不拘父系母系，也不一定同住，姑母舅父都有責任照應孩子，兒童也來去自由，鬧彆扭可以易子而教。也是一種「夏威夷」制度，印尼馬來亞與泡麗尼夏諸島都有。熱帶島嶼生活比較悠閒，現代高壓的個人主義社會裏恐怕行不通。歷史是週期性的，小家庭制度西方通行已久，所以忘了大家庭的弊病，只羨慕互助的好處。美國有些青年夫婦組織的「公社」是朋友合住，以親族為單位的還沒有，也住不長，大概是嬉皮型的人才過得慣。但是小家庭也不是完全不需要改進，茀洛依德式的家庭就是原子家庭。「擴展家庭」有許多長輩給孩子們作模範，有選擇的餘地，據說不大會養成各種心理錯綜，至少值得作參考。

西方剛發現夏威夷等群島的時候，單憑島人的生活情調與性的解放，瘋魔了十八世紀歐洲，也是因為狀貌風度正符合盧騷「高貴的野蠻人」的理想，所以雅俗共賞，舉國若狂。直到十九世紀中葉還又有「南海泡泡」（South Sea Bubble）大騙局，煽起南太平洋移民熱，投資熱，英法意大利都捲入，不久泡泡破滅，無數人傾家蕩產，也有移民包下輪船，被送到無人荒島上，終年霖雨的森林中，整大批的人餓死病死。

這些都是《叛艦喋血記》這件史實的時代背景。兩次拍成電影我都看過，第一次除了卻爾斯・勞頓演船長還有點記得，已經沒什麼印象。大致是照三〇年代的暢銷書《邦梯號上的叛變》——諾朵夫、霍爾合著（Nordhoff & Hall）——寫叛艦「覓得桃源好避秦」之後，就不提了。馬龍白蘭度這張影片卻繼續演下去，講大副克利斯青主張把船再駛回英國自首，暴露當時航海法的不人道。水手們反對，當夜有人放火燒船，斷了歸路，克利斯青搶救儀器燒死。

燒船是事實，荒島當然不能有海船停泊，怕引起注意。近代辟坎島上克利斯青的後裔靠彫刻紀念品賣給遊客度日，一度到歐洲賣畫，五〇年間向訪問的人說：當初克利斯青「一直想回國投案」，曾載《讀者文摘》。照一般改編劇本的標準來說，這一改改得非常好，有一個悲壯的收梢，而且也不是完全沒有根據。

十八世紀英國法律本來嚴酷，連小偷都是流放的罪名。航海法的殘忍，總也是因為帆船遠涉重洋，危險性太大，不是實在無路可走的人也不肯做水手，所以多數是囚犯，或是拉伕拉來的酒鬼，不用嚴刑無法維持紀律。叛變不分主從，回國一定處絞，稍有常識的人都知道。片中的克利斯青自願為社會改革而死，那又是一回事，手下這批人以性命相托，剛找到了一個安身處，他倒又侃侃而談，要他們去送死。我看到這裏非常起反感，簡直看不下去。

名小說家密契納——著有《夏威夷》等——與前面提過的戴教授合著《樂園中的壞蛋》散文集（Rascals in Paradise），寫太平洋上的異人，有的遁世，有的稱王，內中有鄭成功，也有「邦梯號」的布萊船長。布萊對於太平洋探險很有貢獻，並且發現澳洲與新幾內亞之間一條海峽，至今稱為布萊海峽，可算名垂不朽。這本書根據近人對有關文件的研究，替他翻案。他並不是虐待狂，出事的主因是在塔喜堤停泊太久，島上的女人太迷人，一住半年，心都野了，由克利斯青領頭，帶著一批青年浪子回去找他們的戀人。但是叛變是臨時觸機，並沒有預謀。那天晚上克利斯青鬱鬱地想念他的綺薩貝拉——是他替她取的洋名——決定當夜乘小筏子逃走。偏那天夜間特別炎熱，甲板上不斷人，都上來乘涼，他走不成。

剛巧兩個當值人員都怠職睡熟了，軍械箱又搬到統艙正中，為了騰出地方擱麵包果樹——這次航行的使命是從南太平洋移植麵包果，供給西印度群島的黑奴作食糧，但是黑人吃不慣，結果白費功夫——克利斯青藉口有鯊魚，問軍械管理員拿到箱子鑰匙。更巧的是幾個最橫暴的海員都派在克利斯青這一班，午夜起當值。內中有三個在塔喜堤逃走，給捉了回來，共有七個人犯事挨過打，都在午夜該班。於是克利斯青臨時定計起事，其餘的員工有的脅從，有的一時迷亂，不知道是怎麼回事。

那「拜倫型的大副」那年二十四歲，臉長得一副聰明相，討人喜歡，高個子，運動員的體格。布萊事後這樣描寫他：「身坯結實，有點羅圈腿，……有出汗太多的毛病，尤其手上，甚至於凡是他拿過的東西都沾髒了。」布萊形容他自然沒有好話。騎馬過度容易羅圈腿，英國鄉紳子弟從前都是從小學騎馬。手汗多，似乎是有點神經質。

諾朵夫也寫他脾氣陰晴不定，頭髮漆黑，膚色也黑，再加上晒黑，黝黑異常——倒和綺薩貝拉是天生注定的一對。——諾朵夫認為他想單獨逃走是為了跟船長屢次衝突——因為對他不公，並不是主持公道——後來臨時變計，佔領了這條船，宣佈要用鐵鍊鎖住船長，送回英國治罪。同夥的船員一致反對回英，這才作罷。事後他與少年士官白顏談起，又強調他的原意是把船長解回英國治罪。最後與白顏等兩個士官訣別，還又托他們回國後轉告他父親，他本意是送船長回國法辦，雖然父親不會因此原宥他，至少可以減輕他的罪愆。

再三鄭重提起這一點，但是船長究竟犯了什麼罪？鞭笞怠工逃跑的水手，是合法的。密契納代船長洗刷，但是也承認他「也許」剋扣伙食——吞沒九十磅乳酪，多報鹹肉，造假賬。至於扣食水，那是他太功利主義，省下水來澆麵包果樹。後來他第二次啣命去取麵包果，澳洲海洋探險家馬太・福林德斯那時候年紀還小，在那條船上當士官，後來回憶船上苦渴，「花匠拎水桶去澆灌盆栽，他和別人都去躺在梯級上，舐園丁潑洒的瓊漿玉液。」士官尚且如此，水手可想而知。

邦梯號上有個少年士官偷了船長一隻椰子，吃了解渴。船長買了幾千隻椰子，一共失去四隻，怪大副追查不力，疑心他也有份。在這之前幾天，派克利斯青帶人上岸砍柴汲水，大隊土人攔劫，事先奉命不准開槍，因為懷柔的國策。眾寡不敵，斧頭、五爪鐵鈎都給搶了去。土人沒有鐵器，異常珍視，拿去改製小刀。回船船長不容分辯，大罵怯懦無用。

在塔喜堤，船長曾經把土人餽贈個別船員的豬隻、芋頭和土產一律充公，理由是船上只剩醃乾食品，需要新鮮食物調劑，土產可以用來和別處土人交易。大副有個土人朋友送了一對珠子，硬沒給他拿去。但是這都不是什麼大事，等回國後去海軍告發，還有可說，中道折回押解交官，一定以叛變罪反坐。不但是十八世紀的海軍，換了現代海軍也是一樣。五〇年代美國著名小說改編舞台劇電影《凱恩號叛變》（The Caine Mutiny）——亨佛萊鮑嘉主演——本來是套《叛艦喋血記》，裏面一碗楊梅的公案與那四隻椰子遙遙相對，但那只是鬧家務，要不是戰時船長犯了臨陣怯懦的罪嫌，不然再也扳不倒他。

克利斯青不是初出道，過了許多年的海員生活，不會不知道裏面的情形，竟想出這麼個屎主意，而且十分遺憾沒能實行，可見他理路不清楚。影片中遲至抵達辟坎島後，才倡議回國對質，更不近情理，因為中間有把船長趕下船去這回事，有十八個人跟去，全擠在一隻小船上，在太平洋心，即使能著陸，又沒有槍械抵禦土人，往西都是食人者的島嶼。這一個處置方法干係十九條人命，回去還能聲辯控訴船長不人道？

密契納這篇翻案文章純是一面倒，也不能叫人心服：「無疑地，福萊徹・克利斯青的原意是要把船長與忠心的人都扔到太平洋底，但是叛黨中另有人顧慮到後果，給了布萊一干人一線生機……」這未免太武斷，怎見得是別人主張放他們一條生路，不是克利斯青本人？書中並沒舉出任何理由。而且即使斬草除根，殺之滅口，一年後邦梯號不報到，至多兩年，國內就要派船來查，這條規則，克利斯青比他手下的人知道得更清楚。

還有白顏等兩個士官、五名職工沒來得及上小船，擠不下，船長怕翻船，喊叫他們不要下來：「我不能帶你們走了！只要有一天我們能到英國，我會替你們說話！」

克利斯青不得不把這幾個人看守起來。大船繼續航行，經過一個白種人還沒發現的島，叫拉羅唐珈，島上土人胆小，也還算友善，白顏不明白他為什麼不選作藏身之地，卻在英國人已經發現了的土排島登陸，土人聚集八九百人持械迎敵，結果沒有上岸，駛回塔喜堤，補充糧食，採辦牲畜，接取戀人，又回到土排島。這次因為有塔喜堤人同來，當地土人起初很友好。

他們向一個酋長買了塊地，建造堡壘。克利斯青堅持四面挖二丈深四丈闊的水溝，工程浩大，大家一齊動手，連他在內。不久，帶來的羊吃土人種的菜，土人就又翻臉，誓必殲滅或是趕走他們，一次次攻堡壘，開炮轟退。漸漸無法出外，除非成群結隊全副武裝。生活苦不堪言，住了兩三個月，克利斯青知道大家都恨透了這地方，召集會議，一律贊成離開土排島，有十六個人要求把他們送到塔喜堤，其餘的人願意跟著船去另找新天地。

密契納為了作翻案文章，指克利斯青拋棄同黨，讓他們留在塔喜堤，軍艦來了甕中捉鱉。其實是他判斷力欠高明，大家對他的領導失去信心，所以散夥。回塔喜堤，諾朵夫認為是怪水手們糊塗，捨不得離開這溫柔鄉。大概也是因為吃夠了土人的苦頭，別處人生地不熟，還是只有塔喜堤。仗著布萊一行人未見得能生還報案，得過且過。克利斯青為了保密，大概也急於擺脫他們，把白顏一干人也一併送到塔喜堤上岸。

第一次船到塔喜堤的時候，按照當地風俗，每人限交一個同性朋友，本地人對這友誼非常重視，互相送厚禮，臨行克利斯青的朋友送了他一對完美的珍珠，被船長充公未遂。這種交友方式在南太平洋別處也有，新幾內亞稱為「庫拉」（kula）——見馬利腦斯基（B. Malinowski）日記——兩地的友人都是一對一，往來餽贈大筆土特產或是沿海輸入的商品，總值也沒有估計，但是如果還禮太輕，聲名掃地，送不起也「捨命陪君子」。收下的禮物自己銷售送人。這原是一種原始的商業制度，朋友其實是通商的對手方，也都很有大商人的魄力。連南美洲西北部的印第安人也有同樣的制度，直到本世紀五〇年代還通行。都是交通不便，物物交易全靠私人來往，因此特別重視通商的搭檔，甚至於在父子兄弟關係之上——見哈納（M. J. Harner）著《吉伐若人》（The Jivaro）——塔喜堤過去這風俗想必也是同一來源，當時的西方人容易誤解，認為一味輕財尚義。克利斯青最初準備隻身逃亡，除了抛撇不下戀人，一定也是憧憬島人的社會，滿想找個地圖上沒有的島嶼，投身在他們的世界裏。但是經過土排島之難，為了避免再蹈覆轍，只能找無人荒島定居，與社會隔離，等於流犯，變相終身監禁。不管這是否他的決定，不這樣也決通不過。

白顏住在塔喜堤一年多，愛上了一個土女，結了婚。英國軍艦來了，參加叛變的水手們被捕，白顏等也都不分青紅皂白捉了去。原來出事那天晚上，克利斯青正預備當夜溜下船舷潛逃，在甲板上遇見白顏，托他回國代他探望家人，萬一自己這次遠行不能生還。白顏一口應允。克利斯青便道：「那麼一言為定。」不料船長剛巧走來，只聽見最後兩句話，事後以為是白顏答應參加叛變。

出事後，布萊指揮那隻露天的小船，連張地圖都沒有，在太平洋上走了四十一天，安抵馬來群島，是航海史上的奇蹟。回國報案，轟動一時，英王破格召見。跟去的十八個人，路上死了七個，剩下十一個人裏面，還又有兩個中途抗命，「形同反叛」，一個操帆員，一個木匠。到了荷屬東印度，布萊提出控訴，把這兩個人囚禁起來，等到英國候審。結果只有木匠被堂上申飭了事，另一個無罪開釋。

布萊在軍事法庭上咬定白顏通諜。白顏的寡母不信，他是個獨子，好學，正要進牛津大學，因為醉心盧騷拜倫等筆下的南海，才去航海，離家才十七歲，這是第一次出海，與布萊是世交，他母親重托了他。案發後她寫信給布萊，他回信大罵她兒子無行。這母子倆相依為命，受了這刺激，就此得病，白顏回來她已經死了。

布萊對白顏是誤會，另外還有三個人，一個軍械管理員，兩個小木匠，布萊明知他們是要跟他走的，經他親口阻止，載重過多怕翻船，不妨留在賊船上，他回去竟一字不提。遞解回國途中，軍艦觸礁，來不及一一解除手鐐腳銬，淹死了四個。這三個人僥倖沒死，開審時，又幸而有邦梯號上的事務長代為分辯，終於無罪開釋。布萊不在場，已經又被派出國第二次去南海取麵包果。

這時候距案發已經三年，輿論倒了過來，據密契納說，是因為克利斯青與另一個叛黨少年士官，兩家都是望族，克利斯青的哥哥是法學教授，兩家親屬奔走呼號，煽起社會上的同情。而且布萊本人不在國內，有人罵他怯懦不敢對質，其實他早已書面交代清楚，並且還出版了一本書，說明事件經過。不管是為了什麼原因，也許是「日久事明」，軍事法庭第二次審這件案子，結果只絞死三名水手，白顏等三人判了死刑後獲赦。

十八世紀末，英國海軍陸續出了好幾次叛變，都比邦梯案理由充足，最後一次在倫敦首善之區，鬧得很大。但是鎮壓下來之後，都被忘懷了，惟有太平洋心這隻小型海船上的風波，舉世聞名，歷久不衰，卻是為何？未必又是克利斯青家族宣傳之力。我覺得主要的原因似乎是：只有這一次叛變是成功的，不能低估了美滿的結局的力量。主犯幾乎全部逍遙法外，享受南海風光，有情人都成眷屬，而且又是不流血的革命，兵不血刃，大快人心。出事在西曆一七八九年，同年法國大革命，從某些方面說來，甚至於都沒有它影響大。狄更斯的《雙城記》可以代表當時一般人對法國革命的感覺，同情而又恐怖憎惡，不像邦梯案是反抗上司，改革陋規，普通人都有切身之感。在社會上，人生許多小角落裏，到處都有這樣的暴君。

布萊除了航海的本領確是個人才，也跟克利斯青一樣都是常人，也是他成為一個象徵之後，才「天下之惡皆歸之」。邦梯事件後二十年，顯然已成定論。船名成了他的綽號：「邦梯・布萊」。但是官運亨通，出事後回國立即不次擢遷——軍事法庭上法官認為有逼反嫌疑，責備了他幾句，那是沒有的事，影片代觀眾平憤的——此後一帆風順，對拿破崙作戰，又立下軍功。生平下屬四次叛變，連邦梯出事後歸途中的一次小造反算在內。最大的一次叛亂，是他晚年在澳洲做新南威爾斯州長，當地有個約翰・麥卡塞，現在澳洲教科書上都稱他為偉大的開荒畜牧家，奠定澳洲羊毛的基礎，但是同時也是地方上一霸，勾結駐軍通同作弊，與州長鬥法，手下的人散佈傳單罵「邦梯・布萊」：「難道新南威爾斯無人，就沒有個克利斯青，容州長專制？」

布萊無子，有六個女兒，那次帶了個愛女與生病的女婿，到錫尼上任。現在的大都市錫尼，那時候只是個小小英屬地，罪犯流放所。布萊的掌珠不但是第一夫人，而且是時裝領袖，每次有船到，她母親從倫敦寄衣服給她。一次寄來巴黎流行的透明輕紗長袍，黏在身上。——法國大革命後開始時行希臘風的長衣，常用稀薄的白布縫製，取其輕軟，而又樸素平民化，質地漸趨半透明。那時候不像近代透明鏤空衣料例必襯裏子，或穿襯裙，連最近幾年前美國興透明襯衫，裏面不穿什麼，廢除乳罩，也還大都有兩隻口袋，遮蓋則個。拿破崙的波蘭情婦瓦露絲卡伯爵夫人有張畫像，穿著白色細摺薄紗襯衫，雙乳全部看得十分清楚。拿翁倒後，時裝發展下去，逐漸成為通身玻璃人兒。布萊這位姑奶奶顧慮到這是個小地方，怕穿不出去，裏面襯了一條長燈籠袴，星期日穿著去做禮拜，正挽著父親手臂步入教堂，駐軍兵士用肘彎互相抵著，喚起彼此注意，先是嗤笑，然後笑出聲來。她紅著臉跑出教堂，差點暈倒。布萊大怒，沒有當場發作，但是從此與駐軍嫌隙更深。不久，他下令禁止軍官專利賣酒剝削犯人，掀起軒然大波，釀成所謂「甜酒之亂」（The Rum Rebellion），部下公然拘捕州長，布萊躲在床下，給搜了出來，禁閉一兩年之久，英國派了新州長來，方始恢復自由，乘船回國。

諾朵夫書上末了也附帶寫「甜酒之亂」，但是重心放在白顏二十年後重訪塔喜堤，發現愛妻已死，見到女兒抱著小外孫女，因為太激動，怕「受不了」，沒有相認。這書用第一人稱，從白顏的觀點出發，一來是為了遷就材料，關於他的資料較多，而且他純粹是冤獄，又是個模範青年。側重在他身上，也是為了爭取最廣大的讀者群。無如白顏這人物，固然沒有人非議，對他的興趣也不大，書到尾聲，唯一興趣所在是邦梯號的下落。

白顏出獄後，曾經猜測克利斯青一定去了拉羅唐珈，是他早先錯過了的，一個未經白人發現的島。「過了十八年，我才知道我這意見錯到什麼地步。」就這麼一句，捺下不提了。讀者只知道未去拉羅唐珈，是去了哪裏，下文也始終沒有交代，根本沒再提起過。所以越看到後來越覺得奇怪，慦悶得厲害，避重就輕，一味搪塞，非常使人不滿。

這本書雖然是三〇年代的，我也是近年來看了第二部影片之後才有這耐性看它。報刊上看到的關於邦梯號的文字，都沒提到發現辟坎島的經過。在我印象中，一直以為克利斯青這班人在當時是不知所終，發現辟坎島的時候，島上有他們的後裔，想必他們都得終天年。最後看見密契納這一篇，才知道早在出事廿年左右——就在白顏訪舊塔喜堤的次年——英艦已經發現辟坎島，八個叛黨只剩下一個老人，痛哭流涕「講述這塊荒涼的大石頭上兇殺的故事」，講大家都憎恨克利斯青殘酷，「不顧人權」，正是他指控布萊的罪名。綺薩貝拉在島上給他生了個兒子，取名「星期四．十月」，那是模仿《魯濱遜漂流記》，裏面魯濱遜星期五遇見一個土人，就給他取名「星期五」。孩子顯然是在叛變後五個多月誕生。次年十月底，產子一年後，綺薩貝拉生病死了。他要另找個女人，強佔一個跟去的土人的妻子，被那土人開鎗打死了。

叛艦的故事可以說是跟我一塊長大的，儘管對它並不注意。看到上面這一段，有石破天驚之感。其實也是縮小的天地中的英雄末路。辟坎島孤懸在東太平洋東部，距離最近的島也有數百英里之遙，較近復活節島與南美洲。復活節島氣候很涼，海風特大，樹木稀少，又缺淡水，多數農植物都不能種，許多魚也沒有，不是腴美的熱帶島嶼，但是島上兩族長期展開劇烈的爭奪戰。叛艦初到辟坎島，發現土人留下的房屋，與復活節島式的大石像，大概是復活節島人逃避來的。有一尊斷頭的石像，顯然有追兵打到這裏來。但是結果辟坎島並沒有人要，可見還不及復活節島，是真是一塊荒涼的大石頭，一定連跟來的塔喜堤人都過不慣。也不怪克利斯青一直想回國自首。

他在土排島與大家一同做苦工，但是也可能日子一久，少爺脾氣發作，變得與布萊一樣招恨，那也是歷史循環，常有的事。主要還是環境關係，生活極度艱苦沉悶，一天到晚老是這幾個人，容易發生摩擦。也許大家心裏懊悔不該逞一時之快，鑄成大錯，彼此怨懟，互相厭恨，不然他死後為什麼統統自相殘殺，只剩一個老頭子？

老人二十年後見到本國的船隻，像得救一樣，但是不免畏罪，為自己開脫，反正罵黨魁總沒錯。——書上沒說他回國怎樣處分，想必沒有依例正法。——當然，島上還有土人在，不是完全死無對證。所說的克利斯青的死因大概大致屬實，不過島上的女人風流，也許那有夫之婦是自願跟他，不是強佔。在缺少女人的情形下，當然也一樣嚴重。總計他起事後只活了不到兩年，也並沒過到一天伊甸園的生活。

老人的供詞並非官方秘密文件，但是近代關於邦梯案的文字全都不約而同絕口不提，因為傳說已經形成，克利斯青成為偶像，所以代為隱諱——白蘭度這張影片用老人作結，但是只說叛黨自相殘殺淨盡，片中的克利斯青早已救火捐軀——只有密契納這一篇是替船長翻案，才不諱言大副死得不名譽。諾朵夫書上如果有，也就不會是三〇年代的暢銷書，那時候的標準更清教徒式。但是書上白顏自云十八年後發現叛艦不是逃到拉羅唐珈，而下文不再提起這件事，這章法實在特別，史無前例。看來原文書末一定有那麼一段，寫白顏聽到發現辟坎島的消息，得知諸人下場，也許含糊地只說已死。出版公司編輯認為削弱這本書的力量，影響銷路，要改又實在難處理，索性給刪掉了。給讀者留下一個好結局的幻象，因為大多數人都知道辟坎島上有克利斯青一干人的子孫。

在我覺得邦梯案添上這麼個不像樣的尾巴，人物與故事才完整。由一個「男童故事」突然增加深度，又有人生的諷刺，使人低徊不盡。當然，它天生是個男童故事，拖上個現實的尾巴反而不合格，勢必失去它的讀者大眾。好在我容易對付，看那短短一段敘事也就滿足了。

郁達夫常用一個新名詞：「三底門答爾」（sentimental），一般譯為「感傷的」，不知道是否來自日本，我覺得不妥，像太「傷感的」，分不清楚。「溫情」也不夠概括。英文字典上又一解是「優雅的情感」，也就是冠冕堂皇、得體的情感。另一個解釋是「感情豐富到令人作嘔的程度」。近代沿用的習慣上似乎側重這兩個定義，含有一種暗示，這情感是文化的產物，不一定由衷，又往往加以誇張強調。不怪郁達夫只好音譯，就連原文也難下定義，因為它是西方科學進步以來，抱著懷疑一切的治學精神，逐漸提高自覺性的結果。

自從郁達夫用過這名詞，到現在總有四十年了，還是相當陌生，似乎沒有吸收，不接受。原因我想是中國人與文化背景的融洽，也許較任何別的民族為甚，所以個人常被文化圖案所掩，「應當的」色彩太重。反映在文藝上，往往道德觀念太突出，一切情感順理成章，沿著現成的溝渠流去，不觸及人性深處不可測的地方。實生活裏其實很少黑白分明，但也不一定是灰色，大都是椒鹽式。好的文藝裏，是非黑白不是沒有，而是包含在整個的效果內，不可分的。讀者的感受中就有判斷。題材也有是很普通的事，而能道人所未道，看了使人想著：「是這樣的。」再不然是很少見的事，而使人看過之後會悄然說：「是有這樣的。」我覺得文藝溝通心靈的作用不外這兩種。二者都是在人類經驗的邊疆上開發探索，邊疆上有它自己的法律。

現代西方態度嚴肅的文藝，至少在宗旨上力避「三底門答爾」。近來的新新聞學（new journalism）或新報導文學，提倡主觀，傾向主義熱，也被評為「三底門答爾」。「三底門答爾」到底是什麼，說了半天也許還是不清楚。粗枝大葉舉個例子。諾朵夫筆下的《叛艦喋血記》與兩張影片都「三底門答爾」，密契納那篇不「三底門答爾」。第一張影片照諾朵夫的書，注重白顏這角色，演員掛三牌。第二張影片把白顏的事迹完全刪去，因為到了六〇年代，這妥協性的人物已經不吃香。電影是群眾傳達器，大都需要反映流行的信念。密契納那篇散文除了太偏向船長，全是史實。所謂「冷酷的事實」，很難加以「三底門答爾」化。

當然忠實的記錄體也仍舊可能主觀歪曲，好在這些通俗題材都不止一本書，如歷史人物、名案等等，多看兩本一比就有數。我也不是特為找來看，不過在這興趣範圍內不免陸續碰上，看來的材料也於我無用，只可自娛。實在是浪費時間，但是從小養成手不釋卷的惡習慣，看的「社會小說」書多，因為它保留舊小說的體裁，傳統的形式感到親切，而內容比神怪武俠有興趣，彷彿就是大門外的世界，到了四〇、五〇年代，社會小說早已變質而消滅，我每次看到封底的書目總是心往下沉，想著：「書都看完了怎麼辦？」

在國外也有個時期看美國的內幕小說，都是代用品。應當稱為行業小說，除了「隔行如隔山」，也沒有什麼內幕。每一行有一本：飛機場、醫院、旅館業、影業、時裝業、大使館、大選籌備會、牛仔競技場、警探黑社會等。內中最好的一本不是小說，講廣告業，是一個廣告商傑利・戴拉・范米納（Della Femina）自己動筆寫的，錄音帶式的漫談，經另人整理刪節，還是很多重複。書題叫「來自給你們珍珠港的好人」，是作者戲擬日製電視機廣告。

行業小說自然相當內行，沾到真人實事，又需要改頭換面，避免被控破壞名譽。相反地，又有假裝影射名人的，如《國王》（The King）——借用已故影星克拉克蓋博綽號，寫歌星法蘭克辛納屈——《戀愛機器》——前ＣＢＳ電視總經理吉姆・奧勃瑞，綽號「笑面響尾蛇」——務必一望而知是某人的故事，而到節骨眼上給「掉包」換上一般通俗小說情節，騙騙讀者，也絕對不會開罪本人。這都煞費苦心，再加上結構穿插氣氛，但是我覺得遠不及中國的社會小說。

社會小說這名稱，似乎是二〇年代才有，是從《儒林外史》到《官場現形記》一脈相傳下來的，內容看上去都是紀實，結構本來也就鬆散，散漫到一個地步，連主題上的統一性也不要了，也是一種自然的趨勢。清末民初的諷刺小說的宣傳教育性，被新文藝繼承了去，章回小說不再振聾發聵，有些如「歇浦潮」還是諷刺，一般連諷刺也沖淡了，止於世故。對新的一切感到幻滅，對舊道德雖然懷念，也遙遠黯淡。三〇年代有一本題作《人心大變》，平襟亞著，這句話在社會小說裏是老調。但是罵歸罵，有點像西方書評人的口頭禪「愛恨關係」，形容有些作者對自己的背景，既愛又恨，因為是他深知的唯一的世界。不過在這裏「恨」字太重，改「憎」比較妥貼。

《人海潮》最早，看那版本與插圖像是一〇年代末或二〇年代初，文筆很差，與三〇年代有一部不知道叫《孽海夢》還是什麼夢的同樣淡漠稚拙，有典型性，作者都不著名，開場彷彿也都是兩個青年結伴到上海觀光。後一部寫兩個同學國光、錦人，帶著國光的妹妹來滬，錦人稍有闊少習氣。見識了些洋場黑幕後，受人之托，同去湖北整頓一個小煤礦。住的房子是泥土地，錦人想出一個辦法，買了草蓆鋪在地下作地毯。有一天晚上聽見隔壁蓆子窸窣做聲，發現賬房偷開鐵箱。原來是賬房舞弊，所以蝕本。查出後告退，正值國民軍北上，掃清一切魍魎。以北伐結束，也是三〇年代社會小說的公式。錦人與國光的妹妹相處日久發生情愫，回鄉途中結婚，只交代了這麼一句，妹妹在書中完全不起作用，幾乎從來不提起，也沒同去湖北。顯然是「國光」的自述，統統照實寫上。對妹妹的婚姻似乎不大贊成，也不便說什麼。

這部書在任何別的時候大概不會出版，是在這時期，混在社會小說名下，雖然沒有再版，料想沒有蝕本。寫到內地去，連以一個大都市為背景的這點統一性都沒有。它的好處也全是否定的，不像一般真人實事的記載一樣，沒有故作幽默口吻，也沒有墓誌銘式的鄭重表揚，也沒寓有創業心得、夫婦之道等等。只是像隨便講給朋友聽，所以我這些年後還記得。

《廣陵潮》我沒看完，那時候也就看不進去，因為刻劃得太窮兇極惡，不知道是否還是前一個時期的影響，又「三底門答爾」，近於稍後的「社會言情小說」，承上啟下，彷彿不能算正宗社會小說。

這些書除了《廣陵潮》都是我父親買的，他續娶前後洗手不看了，我住校回來，已經一本都沒有，所以十二三歲以後就沒再看見過，當然只有片段的印象。後來到書攤上去找，早已絕迹。張恨水列入「社會言情小說」項下，性質不同點。他的《春明外史》是社會小說，與畢倚虹的《人間地獄》有些地方相近，自傳部份彷彿是《人間地獄》寫得好些，兩人的戀愛對象雛妓秋波梨雲也很相像。《人間地獄》就絕版了。寫留學生的《留東外史》遠不及《海外繽紛錄》，《留東外史》倒還有。

社會言情小說格調較低，因為故事集中，又是長篇，光靠一點事實不夠用，不得不用創作來補足。一創作就容易「三底門答爾」，傳奇化，幻想力跳不出這圈子去。但是社會小說的遺風尚在，直到四〇年代尾，繼張恨水之後也還有兩三本真實性較多。那時候這潮流早已過去，完全不為人注意。

一個是上海小報作者的長篇連載，出單行本，我記性實在太糟，人名書題全忘了，只知道是個胖子，常被同文嘲罵「死大塊頭」——比包天笑晚一二十年，專寫上海中下層階級。這一篇寫一個舞女嫁給開五金店的流氓，私戀一個家累重的失業青年，作為表兄，介紹他做賬房，終於與流氓脫離預備嫁他，但是他生肺病死了。這樣平淡而結局意想不到地感動人。此外，北方有一本寫北大一個洗衣女，與一個學生戀愛而嫌他窮。作者姓王。又有個大連的現代釵頭鳳故事，著著都近情理，而男主人翁洩氣得誰也造不出來，看來都是全部實錄。

社會小說在全盛時代，各地大小報每一個副刊登幾個連載，不出單行本的算在內，是一股洪流。是否因為過渡時代變動太劇然，虛構的小說跟不上事實，大眾對周圍發生的事感到好奇？也難說，題材太沒有選擇性，不一定反映社會的變遷。小說化的筆記成為最方便自由的形式，人物改名換姓，下筆更少顧忌，不像西方動不動有人控訴誹謗。寫妓院太多，那是繼承晚清小說的另一條路線，而且也仍舊是大眾憧憬的所在，也許因為一般人太沒有戀愛的機會。有些作者兼任不止一家小報編輯，晚上八點鐘到報館，叫一碗什錦炒飯，早有電話催請吃花酒，一方面「手民索稿」，寫幾百字發下去——至少這是他們自己筆下樂道的理想生活。小說內容是作者的見聞或是熟人的事，「拉在籃裏便是菜」，來不及琢磨，倒比較存真，不像美國的內幕小說有那麼許多講究，由俗手加工炮製，調入罐頭的防腐劑、維他命、染色，反而原味全失。這彷彿是怪論——

在西方近人有這句話：「一切好的文藝都是傳記性的。」當然實事不過是原料，我是對創作苛求，而對原料非常愛好，並不是「尊重事實」，是偏嗜它特有的一種韻味，其實也就是人生味。而這種意境像植物一樣嬌嫩，移植得一個不對會死的。

西諺「真事比小說還要奇怪」——「真事」原文是「真實」，作名詞用，一般譯為「真理」，含有哲理或教義的意味，與原意相去太遠，還是腦筋簡單點譯為「真事」或「事實」比較對。馬克吐溫說：「真實比小說還要奇怪，是因為小說只能用有限的幾種可能性。」這話似是而非。可能性不多，是因為我們對這件事的內情知道得不多。任何情況都有許多因素在內，最熟悉內情的也至多知道幾個因素，不熟悉的當然看法更簡單，所以替別人出主意最容易。各種因素又常有時候互為因果，都可能「有變」，因此千變萬化無法逆料。

無窮盡的因果網，一團亂絲，但是牽一髮而動全身，可以隱隱聽見許多弦外之音齊鳴，覺得裏面有深度闊度，覺得實在，我想這就是西諺所謂the ring of truth——「事實的金石聲」。庫恩認為有一種民間傳說大概有根據，因為聽上去「內臟感到對」（internally right）。是內心的一種震盪的回音，許多因素雖然不知道，可以依稀覺得它們的存在。

既然一聽就聽得出是事實，為什麼又說「真實比小說還要奇怪」，豈不自相矛盾？因為我們不知道的內情太多，決定性的因素幾乎永遠是我們不知道的，所以事情每每出人意料之外。即使是意中事，效果也往往意外。「不如意事常八九」，就連意外之喜，也不大有白日夢的感覺，總稍微有點不對勁，錯了半個音符，刺耳、粗糙、嚥不下。這意外性加上真實感——也就是那錚然的「金石聲」——造成一種複雜的況味，很難分析而容易辨認。

從前愛看社會小說，與現在看記錄體其實一樣，都是看點真人真事，不是文藝，口味簡直從來沒變過。現在也仍舊喜歡看比較可靠的歷史小說，裏面偶而有點生活細節是歷史傳記裏沒有的，使人神往，觸摸到另一個時代的質地，例如西方直到十八世紀，僕人都不敲門，在門上抓搔著，像貓狗要進來一樣。

普通人不比歷史人物有人左一本右一本書，從不同的角度寫他們，因而有立體的真實性。尤其中下層階級以下，不論過去現在，都是大家知道得最少的人，最容易概念化。即使出身同一階級，熟悉情形的，等到寫起來也可能在懷舊的霧中迷失。所以奧斯卡・路易斯的幾本暢銷書更覺可貴。

路易斯也是社會人種學家，首創「貧民文化」（culture to poverty）這名詞，認為世代的貧窮造成許多特殊的心理與習俗，如只同居不結婚，不積錢，愛買不必要的東西，如小擺設等。這下層文化不分國界，非洲有些部落社會除外。他先研究墨西哥，有一本名著《五個家庭》，然後專寫五家之一：《桑協斯的子女》（The Children of Sanchez），後者一度醞釀要拍電影，由安東尼昆、蘇非亞羅蘭飾父女，不幸告吹。較近又有一本題作《拉維達》（La Vida），是西班牙文「生活」，指皮肉生涯，就像江南人用「做生意」作代名詞。寫波多黎各一個人家，母女都當過娼妓，除了有殘疾的三妹。作者起初選中這一家，並不知道這一層，發現後也不注重調查「生活」，重心全在他們自己的關係上。其間的「恩怨爾汝來去」也跟我們沒什麼不同。

內容主要是每人自述身世，與前兩本一樣，用錄音帶記下來，刪掉作者的問句，整理一下。自序也說各人口吻不同，如聞其聲。有個中國社會學家說：「如果帶著錄音器去訪問中國人就不行。」其實不但中國人，路易斯的自序也說墨西哥人就比波多黎各人有保留。大概墨西哥到底是個古國，波多黎各也許因為黑人血液的成分多，比較原始。奇怪的是《拉維達》裏反而是女人口沒遮攔，幾個男人——兒子女婿後父——都要面子，說話很「四海」，愛吹，議論時事常有妙論，想入非非。也許是女人更受他們特殊的環境的影響，男人與外界接觸多些，所以會說門面話，比較像別國社會地位相仿的人。反正看著眼熟。

福南妲講她同居的男子死了，回想他生前，說：「他有一樣不好：他不讓我把我的孩子們帶來跟我們一塊住。」下一頁她敘述與另一個人同居：「我們頭兩年非常快樂，因為那時候我的孩子們沒跟我一塊住。」前後矛盾，透露出她心理上的矛盾，但是閒閒道出，兩次都是就這麼一句話，並不引人注意，輕重正恰當。她根本不是賢妻良母型的人，固然也是環境關係，為了孩子們也是嘔氣，稍大兩歲，後父又還對長女有野心。

長女索蕾妲是他們家的美人，也是因為家裏實在待不下去，十三歲就跟了三十歲的亞土若，「愛得他發瘋。」他到手後就把她擱在鄉下，他在一家旅館酒排間打工，近水樓台，姘妓女，賭錢，她一直疑心他靠妓女吃飯。他開過小賭場，本來帶幾分流氣。幾次鬧翻了，七八年後終於分開，她去做妓女養活孩子們——她先又還領養了個跛足女嬰，與自己的孩子一樣疼。他一直糾纏不清，想靠她吃飯，動小刀子刺傷了她，被她打破頭。但是她貼他錢替她照顧孩子，倒是比娘家人盡心。她第一次去美國，拖兒帶女投親，十分狼狽，一方面在農場做短工，還是靠跟一個個的同鄉同居，太受刺激，發神經病入院，遣送回籍。鎩羽歸來，家裏人冷遇她，只有前夫亞土若對她態度好，肯幫忙。所以後來她在紐約，病中還寫信給他，不過始終拒絕復合。

亞土若談他們離異的經過，只怪她脾氣大，無理取鬧，與小姨挑唆。直到後半部她兩個妹妹附帶提到，才知道她和他感情有了裂痕後也屢次有外遇，他有一次回家捉姦，用小刀子對付她，她拿出他的手鎗，正要放，被他一把抓住她的手，子彈打中她的手指。她告訴法官是他開鎗，判監禁六個月。他實在制伏不了她，所以不再給錢，改變主張想靠她吃飯。原來他是為了隱瞞這一點，所以謊話連篇，也很技巧，例如本是為了捉姦坐牢，他說是回家去拿手鎗去打死一個仇人，索蕾姐勸阻奪鎗，誤傷手指，驚動警察，手鎗沒登記，因此入獄。入獄期間恐怕她不貞，因為囚犯的妻子大都不安於室，而且這時期關於她的流言很多。他一放出來就對她說：「我們這次倒已經分開很久了，不如就此分手。」但是她哭了，不肯。一席話編得面面俱到。

故事與人物個性的發展如何同抽繭剝蕉。他寫給兩個小女兒的信——有一個不是他的——把她們捧成小公主。孩子們也是喜歡他，一個兒子一直情願跟他住在鄉下。索蕾姐姐弟有個老朋友馬賽羅也說他確是給這些孩子們許多父愛，旁人眼中看來，他身材瘦小，面貌也不漂亮，只有丈母娘福南姐賞識他有胆氣。但是他做流氓沒做成，並且失業下鄉孵豆芽，感慨地說他無論什麼事結果都失敗了。

索蕾妲去美之前愛上了一個賊，漂亮、熱情，但也是因為他比周圍的人氣派大些。是她最理想的一次戀愛，同居後不再當娼。有一天晚上他去偷一家店舖，是他們這一夥不久以前偷過的，這次店主在等著他。他第一個進去，店主第一鎗就打中他的胸部，同黨逃走了。第二天她跟著他姑母去領屍，到醫院的太平間，屍身已經被解剖，腦子都掏了出來擱在心口上。她擁抱著他，發了瘋，一個月人事不知。

據她的九歲養女說：是他去偷東西，被警探包圍，等他出來的時候開鎗打死的。她二妹說的又不同：他無緣無故被捕，裝在囚車裏開走了，過了些天才鎗斃，索蕾妲兩次都暈厥過去。照這一說，大概是他犯竊案的時候殺過人，所以處死刑。索蕾妲講得最羅曼蒂克。她母親的姨媽本來說她愛扯謊，自述也是有些地方不實不盡。反正不管是當場打死還是鎗決，都不是死因不明，用不著開膛破肚檢驗，而且連大腿都剖開了，顯然是醫學研究，不是警方驗屍，地點也不會在醫院太平間。如果是把罪犯的屍首供給醫校解剖，也沒那麼快。看來這一節是她的狂想。她後來病中担憂死了沒人收屍，給送去解剖，寧可把遺體贈予波多黎各熱帶疾病研究院，不願白便宜了美國人：「讓他們拿他們自己的雞巴去做實驗。」念念不忘解剖，也許是對於賣身的反感與恐怖壓抑了下去，象徵性地聯想到被解剖。她發精神病的時候自己抹一臉屎，似乎也是譴責自己。她第二次還鄉，衣錦榮歸，在紐約跟一個同鄉水手邊尼狄托同居，自己又在小工廠做工，混得不錯。但是她家裏覺得她高攀，嫌髒，老是批評這樣那樣，相形之下使人心裏難受。帶來的禮物又太輕，都對她淡淡的，邊尼狄托又不替她做臉，喝得醉貓似的，她認為「那是我一生最不快樂的一天。」他先上船走了，她在娘家過年，與賣笑的二妹一同陪客人出去玩，除夕一晚上賺了五十元美金。在紐約也常需要撈外快貼補家用。

同一件事在她弟弟口中，先說邊尼狄托待他姐姐好。「有一天我去看他們，他們吵了起來。是這樣：她回波多黎各去了一趟，邊尼狄托發現她在那邊跟一個美國人睡過。她還是個有夫之婦！但是那次邊尼狄托幹了件事，我不喜歡。他等我回去了之後打她。這我不喜歡。我可從來沒跟他提起過。夫妻吵架，別人不應當插一腳。我後來倒是跟索蕾妲說過。我告訴她她做錯了事，她要是不改過，以後我不去看她了。我說不應該當著我的面吵架，夫妻要吵架，應當等沒人的時候。」

這一段話有點顛三倒四，思路混亂。他只怪他姐夫一件事：等他走了之後打老婆——是怪他打她，還是怪他等他走了才打？同頁第一段述及妹夫打妹妹，他不干涉，妹夫打二姐，雖然是二姐理虧，他大打妹夫。可見他並不反對打老婆，氣的是等他走後才打。但是如果不等他走就打，豈不更叫他下不來台？等他走了再打，不是他告誡大姐的話：等沒有人的時候再吵架？

下一頁他說：「我不喜歡我的姐姐們。她們光是一個男人從來不夠。她們喜歡尋歡作樂。……但是不管怎麼樣，我是愛我的姐妹們。我不讓任何人當著我說她們的壞話。有時候我甚至於夢見她們……」他常夢見在泥潭裏救出索蕾妲，她滿身爬著蛇。前文自相矛盾處，是他本能地衛護姐姐，遷怒姐夫。書中人常有時候說話不合邏輯，正是曲曲達出一種複雜的心理。

這種地方深入淺出，是中國古典小說的好處。舊小說也是這樣鋪開來平面發展，人多，分散，只看見表面的言行，沒有內心的描寫，與西方小說的縱深成對比。縱深不一定深入。心理描寫在過去較天真的時代只是三底門答爾的表白。此後大都是從作者的觀點交代動機或思想背景，有時候流為演講或發議論，因為經過整理，成為對外的，說服別人的，已經不是內心的本來面目。「意識流」正針對這種傾向，但是內心生活影沉沉的，是一動念，在腦子裏一閃的時候最清楚，要找它的來龍去脈，就連一個短短的思想過程都難。記下來的不是大綱就是已經重新組織過。一連串半形成的思想是最飄忽的東西，跟不上，抓不住，要想模仿喬埃斯的神來之筆，往往套用些心理分析的皮毛。這並不是低估西方文藝，不過舉出寫內心容易犯的毛病。

奧斯卡·路易斯聲明他這書是科學，不是文藝。書中的含蓄也許只是存真的結果。前兩本更簡樸，這一本大概怕味道出不來，特加一個新形式，在自序中說明添僱一個墨西哥下層階級女助手，分訪母女子媳，消磨一整天，有時候還留宿，事後記下一切，用第三人稱，像普通小說體裁，詳細描寫地段房屋，人物也大都有簡單的描寫。幾篇自述中間夾這麼一章，等於預先佈置舞台。

第一章，蘿莎去探望福南妲，小女兒克茹絲初出場：「克茹絲十八歲，皮膚黑，大約只有四呎九吋高。她一隻腿短些，所以瘸得很厲害。脊骨歪斜，使她撅著屁股，雙肩向後別著，非常不雅觀。」她給母親送一串螃蟹來：

「『有個人在那兒兜來兜去賣，他讓我買便宜了，』克茹絲說。『他大概是喜歡我，反正他也就剩這幾隻了。』」

談了一會，她說她要去推銷獎券：「不過我要先去打扮打扮。賣東西給男人就得這樣。他們買東西就是為了好對你看。」

她家裏人都沒答這碴。不久她銷完了回來了，已經換過衣服，穿著粉紅連衫裙，領口挖得極低，鞋也換了粉紅夾綠兩色涼鞋。「她雖然身體畸形，看著很美麗。」這是蘿莎的意見，說明克茹絲並不完全是自以為美。蘿莎從來不下評語，這也許是唯一的一次，因為實在必須，不說是真不知道。意在言外的，是這時候剛發現她肉感。豐艷的少女的肢體長在她身上，不是沒有吸引力，難免帶著一種異樣的感覺。克茹絲的遭遇當然與這有關。

至於為什麼不直說，一來與蘿莎的身分不合，她對這家人家始終像熟人一樣，雖然冷眼旁觀，與書中人自述的距離並不大。在這裏，含蓄的效果最能表現日常生活的一種渾渾噩噩，許多怪人怪事或慘狀都「習慣成自然」，出之於家常的口吻，所以讀者沒有牛鬼蛇神「遊貧民窟」（slumming）的感覺。

但是含蓄最大的功能是讓讀者自己下結論，像密點印象派圖畫，整幅只用紅藍黃三原色密點，留給觀者的眼睛去拌和，特別鮮亮有光彩。這一派有一幅法國名畫題作「賽船」，畫二男一女，世紀末裝束，在花棚下午餐，背景中有人划小船競渡，每次看見總覺得畫上是昨天的事，其實也並沒有類似的回憶。此外這一派無論畫的房屋街道，都有〈當前〉（immediacy）的感覺。我想除了因為顏色是現拌的，特別新鮮，還有我們自己眼睛剛做了這攪拌的工作，所以產生一種錯覺，恍惚是剛發生的事。看書也是一樣，自己體會出來的書中情事格外生動，沒有古今中外的間隔。

《拉維達》等幾本書在美國讀者眾多，也未見得會看夾縫文章，不過一個籠統的印象，也就可以覺得是多方面的人生，有些地方影影綽綽，參差掩映有致。也許解釋也是多餘的，我是因為中國小說過去有含蓄的傳統，想不到反而在西方「非文藝」的書上找到。我想那是因為這些獨白都是天籟，而中國小說的技術接近自然。

太久沒有發表東西，感到隔膜，所以通篇解釋來解釋去，嚕囌到極點。以前寫的東西至今還有時候看見書報上提起，實在自己覺得慚愧，即使有機會道謝，也都無話可說，只好在這裏附筆致意。

・初載於一九七四年四月二十五日《中國時報》人間副刊。

《連環套》《創世紀》前言

水晶先生與他的朋友唐文標教授來信說，文標先生在加州一個圖書館裏找到我三十年前幾篇舊作，建議重新發表。《姑姑語錄》是我忘了收到散文集裏面，小說《連環套》、《創世紀》未完，是自己感到不滿，沒寫下去，《殷寶灩送花樓會》更不滿意，因此一直沒有收到小說集裏，這一點需要說明。對於他們二位的熱忱，也應當再在這裏致謝。

——一九七四年四月

・初載於一九七四年六月號《幼獅文藝》，標題為本書所加。

談看書後記

上次談看書，提到《叛艦喋血記》，稿子寄出不久就看見新出的一部畫冊式的大書《布萊船長與克利斯青先生》，李察浩（Hough）著，刊有其他著作名單，看來似乎對英國海軍史特別有研究。自序裏面說寫這本書，得到當今皇夫愛丁堡公爵的幫助。叛艦逃往辟坎島，這小島現代也還是在輪船航線外，無法去，他是坐女皇的遊艇去的。前記美國名小說家密契納與夏威夷大學戴教授合著一文，替船長翻案，這本書又替大副翻案。這些書我明知陳穀子爛芝麻，「只可自怡悅」，但是不能不再補寫一篇，不然冤枉了好人。

原來這辟坎島土地肥沃，四季如春，位置在熱帶邊緣上，因此沒有熱帶島嶼惱人的雨季。以前住過土人，又棄之而去，大概是嫌小，感到窒息，沒有社交生活。西方有個海船發現這小島，找不到港口，沒有登陸。克利斯青看到這段記載，正合條件，地勢高，港口少，容易扼守，樹木濃密，有掩蔽。而且妙在經緯度算錯了幾度，更難找。到了那裏，白浪滔天，無法登岸，四周一圈珊瑚礁，鐵環也似圍定。只有一處懸崖下有三丈來長一塊沙灘，必須瞄準了它，從一個彎彎扭扭的珊瑚礁缺口進去，把船像支箭直射進去，確是金城湯池。

他起先選中土排島，也是為了地形，只有一個港口，他看定一塊地方建築堡壘，架上船上的炮，可以抗拒追捕英艦，一方面仍舊遙奉英王喬治三世，取名喬治堡，算是英殖民地。先到塔喜堤去採辦牲畜，也是預備多帶土人去幫同鎮壓當地土著，但是只有寥寥幾個男子肯去，女人更不踴躍。二十幾個叛黨中只有四個比較愛情專一，各有一個塔喜堤女人自視為他們的妻子，包括綺薩貝拉。除了這四個自動跟去，又臨時用計騙了七個，帶去仍舊不敷分配。沒有女人的水手要求准許他們強搶土排島婦女，克利斯青不允，一定要用和平的手段。他們不服，開會讓他們民主自決，六個人要回塔喜堤。他保證送他們去，說：「我只要求把船給我，讓我獨自去找個荒島棲身，因為我不能回英國去受刑，給家裏人丟臉。」同夥唯一的士官愛德華楊發言：「他們再也不會離開你的，克利斯青先生！」有人附和，一共八個人仍舊跟他。

為了缺少女人而散夥，女人仍舊成問題。把解散的人員送到塔喜堤，順便邀請了二十幾個土著上船飲宴，有男有女。克利斯青乘夜割斷鐵錨繩索，張帆出海，次晨還推說是訪問島上另一邊。近午漸漸起疑，發急起來，有一個年青的女人竟奮身一躍，跳下樓船，向遙遠的珊瑚礁游去，別人都沒這胆量，望洋興嘆。一共十八個女人，六個男人，內中有兩個土排島人，因為與白人關係太密切，白人走了懼禍，不得已跟了來。但是有六個女人年紀太大，下午路過一個島上來了隻小船，就交給他們帶了去，剩下的女人都十分羨慕。

船上第一樁大事是配對，先儘白人選擇。原有配偶的四人中，只有水手亞當斯把他的簡妮讓給美國籍水手馬丁，自己另挑了一個。九個白人一夫一妻，六個土人只有一個有女人，兩個土排島人共一個妻子，其餘三人共一個。他們風俗向來浪漫慣了的，因此倒也相安無事。

船過拉羅唐珈島，這島嶼未經發現，地圖上沒有，但是人口稠密，不合條件。克利斯青也沒敢停留太久，怕這些女人逃走。到了辟坎島，水手琨托提前放火燒船，損失了許多寶貴的木材不及拆卸，也是怕她們乘船逃走。她們看見燒了海船，返鄉無望，都大放悲聲，連燒一天一夜，也哭了一天一夜。

海上行舟必須有船主，有紀律，否則危險。一上了岸，情形不同了，克利斯青非常識相，也不攬權。公議把耕地分成九份，白人每人一份，六個土人是公用的奴僕。家家豐收，魚又多，又有帶來的豬羊，大桶好酒，只有一宗不足，這島像海外三神山一樣，海拔過高，空氣稀薄，雖然還不至於影響人類的生殖力，母雞不下蛋。有一天鐵匠威廉斯的妻子爬山上樹收集鳥蛋，失足跌死，他非常傷慟。

愛德華楊與克利斯青的友誼漸趨慢性死亡，原因是克利斯青叛變是聽了楊的話，後來越懊悔，越是怪楊，而他從一開頭就已經懊悔了。在辟坎島上，他的權力漸漸消失，常常一個人到崖頂一個山洞裏坐著，遙望海面，也不知道是想家，還是瞭望軍艦。其實他們在土排島已經差點被擒——走之前一個月，有個英國船夜間路過，看見島上燈火，如果是白天，一定會看見邦梯號停泊在那裏。那時候布萊也早已抵達東南亞報案。他上山總帶著鎗，也許是打算死守他這「鷹巢」，那山洞確是一夫當關，萬夫莫開。但是他到哪裏都帶著鎗，似乎有一種預感。

叛變前夕他本來預備乘小筏子潛逃，沒走成。黎明四點鐘，另一士官司徒華來叫他換班，勸他不要逃走，簡直等於自殺——有鯊魚，而且土人勢必欺他一個人。又說士兵對船長非常不滿，全靠他在中間調停，「你一走了，這班人什麼都幹得出來。」

克利斯青到甲板上去值班，剛巧專拍船長馬屁的兩個士官海籟、黑吳誤點未到。楊來了，也勸他逃走太危險，船上群情激憤，什麼都幹得出，「你不信，試試他們的心。現在正是時候，都睡著，連海籟黑吳都不在。你對你班上的人一個個去說，我們人手夠了，把船拿下來。你犯不著去白冒險送命，叫布萊跟他的秘書還有海籟黑吳這四個人去坐救生艇，他還比你的小筏子安全。」說罷又下去了。

克利斯青聽他這兩個朋友分別勸他的話，竟不謀而合，其實司徒華的話並沒有反意，但是他一夜失眠之後，腦海如沸，也不及細辨滋味。四點半，他終於決定了，用小刀割斷一根測量海底深度的繩子，繩端繫著鉛塊，下水會直沉下去。他拴在自己頸項上，鉛塊藏在襯衫裏，準備事不成就跳海。

五點鐘，他去跟琨托與馬丁說，這兩人剛巧在一起。琨托是水手中的激進派，立刻自告奮勇下統艙通知夥伴們。美國人馬丁起初猶疑，隨即答應參加。後來馬丁乘亂裏把手裏的火鎗換了隻布袋，跟著船長一干人走下小船，被忠貞的木匠頭子喝住：「你來幹什麼？」答說「跟你們走。」被木匠大罵，琨托等聽見了，怕別人效法馬丁，人心動搖起來，用鎗指著他，逼他回到大船上。可見馬丁本不願意，只是不敢拒絕，不然怕他走漏風聲，可能馬上結果了他。

其實跟這兩個水手一說，就已經無可挽回了。事後克利斯青對楊冷淡了下來，楊當然也氣。當時完全是為他著想，看他實在太痛苦，替他指出一條路。楊比他還小兩歲，那年才二十二歲，受過高深教育，黑黑的臉，有西印度群島血液，母方與歷史上出名哀艷的蘇格蘭瑪麗女王沾親。二十來歲就斷送了前程，不免醇酒婦人。他與亞當斯兩人最與土人接近，餘人認為他們倆與幾個土人「換妻」。這亞當斯大概過去的歷史很複雜，化名斯密斯，大家只知道他叫斯密斯。

土人的三個女人又死了一個。鐵匠威廉斯喪偶後一直鬱鬱獨處，在島上住了一年半，去跟克利斯青說，他要用武力叫土人讓個女人給他。

「你瘋了——他們已經六個人只有兩個女人。這一定會鬧出人命來。傑克，勸你死了這條心。」克利斯青說。

威廉斯又去逐一告訴別人，都這麼說，他沉默了幾星期，又來恫嚇懇求，大家聽慣了他這一套，也不當樁事。有一天，他要求召集全體白人，當眾宣稱：「我走了。你們有你們的『太峨』（土語，指好友，每人限一男一女兩個），有你們的孩子，我什麼都沒有。我有權利離開這裏。你們不肯給我一個女人，我只好到別處去找，寧可被捕，手鐐腳銬回英國絞死，也不要再在這島上待下去了。」

大家面面相覷。「你坐什麼船走呢？」

「救生艇。只有這條船能出海。」

「給了你我們怎麼打魚？」白人只會駕救生艇，坐土製小船不安全。

「既然不給我女人，船應當歸我。」

（按：他們是沒提，打魚還是小事，他這一出去，遲早會洩漏風聲帶累大家。）

克利斯青商量著說：「我們只好依傑克。」問他要哪一個女人。

「隨便南西還是瑪瑞娃，哪個都行。」

克利斯青拿兩支小木棍子叫他抽籤，一支長的代表瑪瑞娃，短的代表南西。他抽中短的。

當晚南西與她的丈夫塔拉盧在他們房子裏吃晚飯，看見九個白人拿著火鎗走來，塔拉盧早知來意。南西本來早就想離開他，去陪伴那孤獨的白人，不然她和瑪瑞娃跟別的女人比起來，總覺得低一級似的。

「南西，你去跟傑克威廉斯住，他太久沒有女人了。」克利斯青說。

南西點點頭，塔拉盧早已跑了，就此失蹤。有兩個土人說他躲在島上西頭。白人從此都帶著鎗，結伴來往的時候多些。估計土人都不穩，只有克利斯青的男性「太峨」梅納黎比較可靠。

隔了幾天，女人們晚間在一棵榕樹下各自做飯，一面唱歌談天。綺薩貝拉與花匠勃朗的女人聽見南西低唱：「這些人為什麼磨斧頭？好割掉白人的頭。」兩個女人悄悄的去告訴她們丈夫。克利斯青立即荷鎗實彈，獨闖土人下了工聚集的房子，除了梅納黎都在，塔拉盧也回來了，先也怔住了，然後緩緩走過去，彎腰去拾地下最近的一把斧頭。克利斯青端鎗瞄準他，頓時大亂，塔拉盧與一個塔喜堤同鄉奪門而出。克利斯青的鎗走火，沒打中，也返身逃走。

三天後，女人們在海邊釣魚，南西被她丈夫與那同鄉綁架了去。克利斯青召集白人，議決塔拉盧非處死不可，派梅納黎上山，假裝同情送飯，與南西裏應外合，殺了她丈夫，次日又差他誘殺另一個逃走的土排島人。六個土人死剩四個，都懾服，但是琨托與他的朋友麥柯喝醉了常打他們。女人除了綺薩貝拉都對白人感到幻滅，這些神秘的陌生人，坐著大船來的，衣著華美，個個豪富熱情，現在連澡都懶得洗，衣服早穿破了沒有了，也跟土人一樣赤膊，用皮帶繫一條短裙子，頭戴一頂遮陽帽，赤腳，舉止又粗鄙獸性。她們都更想家了。

一年後又有密謀，這次瞞著所有的女人與梅納黎。土人沒有鎗械，但是楊與亞當斯常跟他們一同打獵，教會了他們開鎗，也有時候借鎗給他們打鳥、打豬——家畜都放出去自己找吃的，省得飼養，小島上反正跑不了，要殺豬再拿鎗去打死一隻。這時候正是播種的季節，那天除了楊和亞當斯都下田去了。幾個土人先悄沒聲爬行，爬到禍首威廉斯後面，腦後一鎗打死。馬丁聽見鎗聲，有人問起，他猜打豬。一個土人接口喊叫道：「嗳，打了個大豬！叫梅納黎來幫著抬。」

梅納黎去了，就被脅從，一同去殺克利斯青，也是腦後一鎗斃命。麥柯知道了，飛奔去報信給綺薩貝拉，她正分娩，第三胎生了個女兒。她頎長美貌，是個酋長的女兒。克利斯青給她取這名字，因為他有個親戚叫綺薩貝拉，英國附近有個美麗的小島是她產業，所以也是個海島的女主人。

麥柯與琨托同逃。九個白人殺了五個，消息已經傳了出去，村中大亂。亞當斯跑回家去預備帶點糧食再上山，四個土人都埋伏在他家裏，但是開鎗走火，被他負傷逃走。他們追到山上，忽然一個土人喊話，叫他回來，答應不傷害他，因為「楊先生叫留下你給他作伴。」至此方才知道是楊主謀。他先還不信，但是自忖在荒山上飢寒交迫，又受了傷，遲早落到他們手裡，不如冒險跟他們回去。

押著他回村，楊已經佔了克利斯青的房子，女人都聚集在那裏。亞當斯的妻子替他求情，土人放了他，走了。

「你為什麼幹這事？」他問楊，說得特別快，好讓這些女人聽不懂。

「反正他們自己總有一天會幹出來，不如控制住爆炸。」楊說。

他大將風度，臨陣不出帳篷。他指出現在女人不愁不夠了，他早已看上綺薩貝拉，預備娶作二房，再加上南西；琨托與麥柯還沒死，但是他們倆的女人歸亞當斯。這是他鼓舞亞當斯的話，但是並沒下手。

女人都在舉哀，埋葬死者，土人爭奪女人，楊只冷眼看著。一星期後有天晚上，梅納黎與另一個土人提摩亞為了楊妻蘇珊吃醋，大家不過在唱歌吹笛子，也並沒怎樣，但是梅納黎竟殺了提摩亞，（按：可能是後者罵梅納黎是白人走狗，僥倖饒了他一命，還要爭風。）逃入山中，投奔琨托、麥柯。二人疑心有詐，又殺了梅納黎。

楊打發蘇珊給他二人送了封信去，信上說他要殺掉剩下的兩個土人，他們可以回來了。二人不敢輕信，楊果然用美人計，叫花匠勃朗的寡婦勾引一個土人，預先囑付她留神不要讓他頭枕在她手臂上，黑暗中差另一個女人去砍他的頭。女人力弱，切不斷，楊只好破例親自出馬，同夜把另一個土人也殺了。

琨托、麥柯回來了，天下太平，女人重新分過，但是她們現在不大聽支配，從這張床睡到那張床上。琨托、麥柯沒有土人可打，就打土女。女人們發狠造海船回鄉，但是談何容易。子女多了，救生艇坐不下，殺光了白人也還是回不去。

兩個酒鬼，麥柯終於跌死了，琨托的妻子也同樣墜崖而死，也不知道是否她男人推的。他索取另一個女人簡妮——亞當斯的前妻，讓了給馬丁，馬丁被殺後又收回——恫嚇亞當斯與楊。他們當他瘋子，合力殺了他，也心下悚然，知道再這樣下去，只剩他們倆也仍舊兩雄不並立。於是都戒了酒，皈依宗教。

亞當斯識字不多，叫楊教他讀書。楊已經患了嚴重的哮喘病，楊死後他能唸祈禱文，帶領一群婦孺做禮拜，兼任家長與牧師。耶穌受難日是一個星期五，復活節前從一個星期三起禁食四十日。他熱心過度，誤以為每星期三、星期五禁食。土女都是「大食佬」，因此一到中年都非常胖，但是對他這件虐政竟也奉行不誤。

十幾年後，一隻美國船獵捕海獅，路過辟坎島，亞當斯好容易遇見可談之人，又不是英國人，不礙事，源源本本全都告訴了船長。當時美國獨立戰爭還未結束，六年後英美戰事告一段落，英國海軍部才收到這船長的一封信，交給一個書記歸檔，就此忘懷了。

同年美國軍艦在南美一帶劫取英國捕鯨船，英國派了兩艘軍艦去遠道攔截，剛巧又重新發現辟坎島，老水手亞當斯五十多歲已經行走不便，叫幾個青年攙扶上船參見長官，前事統統一本拜上。兩個指揮官見他如此虔誠悔過，十分同情，代表本國海軍聲稱不要他回國歸案，尤其賞識克利斯青的長子星期五——原名星期四，因為他父親忘了太平洋上的國際日期線，少算了一天。——這兩個軍官這樣寬大為懷，擅自赦免叛變犯，原因想必是出事後二十多年，輿論已經代克利斯青一干人平反，連官方態度也受影響。

本世紀三〇年間通俗作家諾朵夫、霍爾合著《邦梯號三部曲》，第三部《辟坎島》內容其實與上述大同小異，除了沒有楊幕後主使一節。自序列舉資料來源：老水手亞當斯的敘述，前後共四次——美國捕海獅船與英國軍艦來過之後，十一年後又告知另一個英國船長畢啟，此後四年，又告訴一個法國人；此後二十年，根據琨托的兒子口述，出版了一本書，又有一本是根據另一個水手米爾斯的女兒，又有畢啟著書與另一本流行的小冊子。直接間接全都來自亞當斯——孩子們也都是聽他講的——而各各不同。兩個作者參看「一切現存的記載」，列出時間表，採用最合情理的次序，重排事件先後。他們二位似乎沒看見楊主謀的版本。

亞當斯這樣虔誠的教徒，照理不打謊語。如果前言不對後語，當是因為顧念亡友——楊生前也已經懺悔了——而且後來與外界接觸多了點，感覺到克利斯青現在聲譽之高，遺孀綺薩貝拉卻曾經失身於殺夫仇人，儘管她是不知道內情——女人孩子們都不知道。可能最後兩次非官方的訪問，他都顧忌較多，沒提楊在幕後策動。兩次訪問中間隔了四年，六十幾歲的人記性壞，造出來的假話一定出入很大。孩子們聽見的難免又有歧異。

這些潔本的內容，可以在這篇小說裏看出個大概：鐵匠威廉斯私通塔拉盧之妻（即南西），被自己的妻子得知，上山採集鳥蛋的時候跳崖自殺了。威廉斯想獨佔南西，克利斯青不允。結果爭風吃醋對打，牽入其他土人白人。克利斯青為了息事寧人，不得不叫南西在二人之間選擇一個，她選中威廉斯。塔拉盧企圖報復未果，反被她伺機毒死，太平了一個時期，又為了分田，土人沒份，淪為奴隸，克利斯青反對無效。土人起事，殺了克利斯青等五人。三女報夫仇，乘土人倦臥殺掉了幾個。這樣，楊的陰謀沒有了，又開脫了克利斯青的責任，也沒有共妻，唯一的桃色糾紛也與土人叛亂無關——最後這一點大概是諾朵夫等的貢獻，將分田移後，本來一到就分，改為「最合情理的次序，重排事件先後」。沒有土地才反叛，並不是白人把女人都佔了去，所以是比亞當斯更徹底的潔本，但是這樣一來，故事斷為兩截，更差勁了。

美國小說家傑姆斯・密契納那篇散文上說：近人研究有關文件，發現克利斯青喪妻後強佔土人的妻子，被本夫開鎗打死。這一說與李察浩、諾朵夫等的敘述全都截然不同，顯然在這一個系統之外。只有它說綺薩貝拉頭胎生了個兒子之後一年就病逝。密契納的成名作是《南太平洋故事》，此後曾經與一個「南太平洋通」合編一部寫南海的散文選，又有長篇小說《夏威夷》，本人也搬到夏威夷居住多年，與夏威夷大學教授合著的這本散文集裏談邦梯案，也是近水樓台，總相當有根據，怎麼會鬧出張冠李戴的笑話，把鐵匠的風流案栽派到克利斯青頭上？這話究竟是哪裏來的？

亞當斯自動向官方交代辟坎島的一系列血案，總該是據實指楊主謀。兩個軍艦艦長的報告，是否在三〇年間所謂「一切現存的記載」之列？從十九世紀初葉英政府的立場看來，楊嗾使土人屠殺自己的同胞，是個「英奸」，影響白種人的威望。還有共妻，雖然只限土人之間，卻是白人分派的，克利斯青脫不了關係。實際上，威廉斯有句話值得注意：「你們有你們的『太峨』，有你們的孩子，我什麼都沒有。」顯然他們將同居的女人視為「太峨」而不是太太。是後來的潔本顧體面，而且在荒島上也大可不必注重形式，才逕稱之為妻。李察浩因之，那是按現代尊重異族婦女的觀點。這才有「共妻」「換妻」聳人聽聞的名目。但是就連這樣，當時如果傳出去也已經不成話，世外桃源成了淫窟，叛艦英名掃地。於是把那兩份報告隱匿了起來，還有那美國捕海獅船長的那封信，想必也找出來對過了，證明亞當斯的自白屬實，一併歸入秘密檔案，直到本世紀七〇年間，殖民主義衰落，才容許李察浩看到。

英國皇室子弟都入海軍。愛丁堡公爵本來是希臘王族，跟他們是親上加親，早先也做過英國海軍軍官，一向對海軍有興趣，又據說喜歡改革。也許是經他支持，才打通這一關。

過去官方隱諱辟坎島的事，或者不免有人略知一二，認為是與克利斯青有關的醜聞，傳說中又稍加渲染附會，當時有這麼一段記載，為近人發現——密契納這一說，除非是這來源。

李察浩這本書號稱揭穿邦梯案疑團，也確是澄清了諸人下場，卻又作驚人之論，指船長大副同性戀愛，這話也說不定由來已久，密契納那篇文章就提起他們倆關係密切，比別人親近。也許因為那篇是第一個著眼於肇事原因的細微，所以有點疑心別有隱情，但是直到最近，同性戀在西方還是輕易不好提的。

兩人年紀只相差十歲。認識那年，克利斯青二十歲，做過兩年海員，托布萊太太娘家舉薦，布萊回說「不列顛尼亞號」船員已經額滿。克利斯青寫信給他說，情願與水手同住，學習各種勞作，唯一的要求是與士官一同吃飯。經布萊錄用，把所有的航海技能都教會了他。他第二次出海，中途升作二副，大副名叫艾華慈。再下一次，布萊調任邦梯號船長，他是布萊的班底，當然跟去。出了事之後，輿論後來於布萊不利，飽受攻擊，艾華慈也寫信給他，罵他自己用人不當，說他們共事的時候，克利斯青在花名冊上「列為炮手，但是你告訴我要把他當作士官看待。……你瞎了眼看不見他的缺點，雖然他是個偷懶的平庸的海員，你抬舉他，待他像兄弟一樣，什麼機密事都告訴他，每隔一天在你艙房裏吃午晚兩餐。」在不列顛尼亞號上，他有船長的酒櫥鑰匙，在甲板上當值，每每叫人去拿杯酒來，吃了擋寒氣。

克利斯青兄弟很多，有個哥哥愛德華跟他最親近。他告訴他哥哥，布萊是「從來沒有過這麼好的教師」，不過「火性大，但是我相信我學會了怎樣哄他。」

邦梯號上除了兩名花匠，都是布萊一手任用的。事務長傅萊亞——其實是船長，但是海軍加派軍官作指揮官，位居其上，稱大佐（凱普騰），所以近代船長通稱凱普騰——與船醫都不是他的私人，本來不認識。他規定這兩個人陪他一塊吃飯，但是談不攏，鬧意見，那胖醫生又是個酒鬼，布萊對他非常不滿。克利斯青晚間仍舊常到他艙房裏談天或吃飯。出海不到一個月，一進了大西洋，就把克利斯青提升做大副，代理少尉——布萊自己的官階也不過是少尉，稱「大佐」不過是照例對指揮官客氣的稱呼。——副錨纜員莫禮遜通文墨，記載這件事，認為越過傅萊亞頭上，是侮辱傅萊亞。布、傅二人交惡，已經幾乎不交談，但是傅對克利斯青始終沒有憎恨的表示，這是因為克利斯青並沒有沾沾自喜，遇事總還是站在士兵這一邊，論理他做大副經驗不夠，而且平時雖賣力，憂鬱症一發作就怠工，不過人緣好，上上下下只有布萊的僕人不喜歡他。

出航十個月，快到塔喜堤了，布萊終於不再與傅萊亞和醫生一桌吃飯，各自在艙房用膳。到了塔喜堤，醫生醉死了。布萊在塔喜堤極力結交王室，國王劃出一塊地，給他們種植麵包果，預備裝盆帶走，布萊派克利斯青帶人保護花房，在果園旁高坡上搭起帳篷，都有女人同居。克利斯青結識綺薩貝拉前也濫交，染上了性病。

布萊住在船上，也勻出一半時間與國王同住，常請國王王后上船吃飯。他逐日記下當地風俗，盛讚塔喜堤是世界第一好地方，只不贊成有些淫舞陋俗與男色公開。

他是跟大探險家庫克大佐（Captain Cook）起家的。庫克在南太平洋這些島上為了顧到自己身分，不近女色，土人奉若神明。布萊也照辦，不免眼紅下屬的艷福。有五個多月之久，他不大看見克利斯青，見了面就罵，幾次當著國王與王室——都是最注重面子與地位的——還有一次當著克利斯青的男性「太峨」，並且告訴他克利斯青並不是副指揮官，不過是士兵。——這些青年士官都是見習軍官，只算士兵，比水手高一級，犯規也可以鞭笞。克利斯青的代理少尉，倒是一回去就實授，如果一路平安無事。

自從離開塔喜堤，布萊顯然心理不正常，物質上的佔有慾高達瘋狂程度。路過一島，停泊汲水，五爪鐵鈎被土人搶去，船上備而不用的還有好幾隻，但是布萊小題大作，效法庫克當年常用的扣人勒贖之計，把五個酋長留在船上，索取鐵鈎。回說是另一個島上的人拿的，早已駕舟遠颺。相持不下，布萊開船把五個人帶走，許多小舟號哭跟隨，跟到晚上，只剩一隻小船，船上都是女人，哭著用刀戳自己，滿頭滿身長血直流，也不知道是「哀毀」還是自明心迹。布萊終於只得放酋長們下小船，五個人都感泣，輪流擁抱他。他自以為結交了幾個一輩子的朋友，莫禮遜記載這件事，卻認為他們是忍辱，無法報復，下次再有船來，如果人少會吃他們的虧。

人家買椰子，布萊買了幾千隻堆在甲板上。「你看這堆椰子是不是矮了？」他問傅萊亞。

「也許是水手來來往往踩塌了。」傅萊亞說。

布萊查問，克利斯青承認他吃了一隻。

「你這狗！你偷了一半，還說一隻！」召集全體員工大罵，罰扣口糧，主食芋頭只發一半，再偷再扣一半。

一向拿傅萊亞與木匠頭子出氣，離開塔喜堤後換了克利斯青。當天下午在甲板上遇見，又罵了一頓。木匠頭子後來看見克利斯青在流淚，知道他不是娘娘腔的人，問他怎麼了。

「你還問，你沒聽見說怎樣對待我？」

「待我不也是一樣。」

「你有保障（指他是正規海軍人員）。我要是像你一樣對他說話，會吃鞭子。如果打我一頓，兩個人都是個死——我抱著他跳海。」

「好在沒多少時候了。」木匠頭子勸他。

「等到船過努力峽（澳洲邊緣海峽，地勢險惡，是航海的一個難關），船上一定像地獄一樣。」

又有人在旁邊聽見他二人談話，聽見克利斯青說：「情願死一萬次，這種待遇不能再受下去。」「不是人受得了的。」

當晚布萊氣平了，卻又差人請克利斯青吃飯，他回掉了。天明起事，士官中有個海五德，才十六歲，嚇呆了坐在自己艙房裏，沒跟著走，後來克利斯青把他們幾個中立份子送到塔喜堤，與海五德家裏是世交，臨別托他給家裏帶信，細述出事經過，又秘密告訴他一些話，大概是囑咐他轉告兄長愛德華，但是這話海五德並沒給他帶到，也從未對任何人說過。

托帶的秘密口信不會是關於性病——船上差不多有一半人都是新得了性病，而且容易治。李察浩認為是告訴他哥哥他與船長同性戀，在塔喜堤妒忌他有了異性戀人，屢次當眾辱罵，傷了感情，倒了胃口，上路後又一再找碴子逼迫於他，激變情有可原。照這樣說來，叛變前夕請吃晚飯，是打算重拾墜歡。

十八世紀英國海軍男風特盛，因為論千的拉伕，魚龍混雜。男色與獸姦同等，都判死刑，但是需要有證人，拿得出證據，這一點很難辦到，所以不大有鬧上法庭的。但是有很多罪名較輕的案件，自少尉、大副、代理事務長以下，都有被控「非禮」、「企圖雞姦」的。

海五德是邦梯號上第二個寵兒。他是個世家子，美少年，在家裏父母姐妹們將他當個活寶捧著。布萊在船上給他父親去信報告他的成績，也大誇這孩子，「我像個父親一樣待他，……他一舉一動都使我愉快滿意。」叛變那天他沒露面，兩個士官海籟、黑吳下去拿行李，見他一個人坐著發怔，叫他趕緊一塊跟船長走，沒等他回答，先上去了，結果他並沒來。布萊回到英國，海五德的父親剛逝世，新寡的母親寫信給布萊，回信罵她兒子「卑鄙得無法形容。」此後海五德在塔喜堤當作叛黨被捕回國，家裏托人向他問明底細，極力營救。海五德經過慎重考慮，沒替克利斯青秘密傳話，因為怕牽涉到自己身上，而且指控布萊犯了男色，需要人證物證，誣告也罪名差不多一樣嚴重。

以上是男色之說的根據。

克利斯青第一次跟布萊的船出去，船上的大副說他「非常喜歡女人。對於女人，他是我這輩子見過的最傻的年青人之一。」可見他到處留情而又痴心，性心理絕對正常。鬧同性戀除非是旅途寂寞？李察浩肯定他與布萊有「深邃熱情的關係」，相從四年，也就愛上了布萊四年。但是他對哥哥給布萊下的評語：「……火性大，但是我相信我學會了怎樣哄他。」顯然不過是敷衍上司。

布萊譴責塔喜堤人公然同性戀愛，當然可能是假道學。好男風的人為社會所不容，往往照樣娶妻生子，作為掩蔽。再看他的婚姻史：他父親在海關做事，他在學校裏功課很好，但是立志加入海軍，先做水手，靠畫地圖的專長，很快的竄了起來，算是出身行伍。他認識了一個富家女，到海上去了兩年回來才向她求婚，訂了婚一個短時期就結婚，兩人同年二十六歲。他喜歡享受家庭之樂。太太不怎麼美，但是很活潑，有張畫像，一副有說有笑的樣子，布萊在畫像上是個半禿的胖子，卻也堂堂一表，只是酸溜溜的帶著嘲笑的神氣。

他太太既幫夫又健筆，老是給娘家有勢力的親戚寫信代他辯護，寫了一輩子。他老先生的是非特別多，遠在邦梯案十年前，婚前跟庫克大佐出去，就出過岔子。

那次航行，庫克發現了夏威夷。當時夏威夷人口過剩，已經很緊張，被他帶了兩隻大船來，耽擱了些時，把地方上吃窮了。國王與眾酋長表面上十分周到，臨行又送了大批豬隻糧食。出海剛巧遇到風暴，兩隻船都損壞了，又沒有好的港口可停泊，只好折回。夏威夷人疑心他們去而復回不懷好意，於是態度突變，當天已經連偷帶搶，但是國王仍舊上船敷衍慰問，次晨發現一隻大救生艇失竊，庫克立即率領海軍陸戰隊，去接國王上船留作人質，等交回救生艇再釋放。又派布萊與李克門少尉巡邏港口，防止船隻外逃，有企圖出海的「趕他們上岸。」一開火與否大概相機行事。

庫克上岸，沿途村人依舊跪拜如儀。問國王何在，便有人引了兩個王子來，帶領他們到一座小屋門前，肥胖的老王剛睡醒，顯然不知道偷救生艇的事。邀請上船，立即應允。正簇擁著步行前往，忽聞海灣中兩處傳來鎗聲，接著大船開炮。一時人心惶惶，都拾石頭，取槍矛，穿上蓆甲，很快的聚上三千人左右。一路上不再有人叩首，都疑心是劫駕。

海軍陸戰隊攔不住，人叢中突然有個女人衝了出來，站在國王面前哭求不要上船，是一個寵妃。兩個酋長逼著國王在地下坐下來。老王至此也十分憂恐，庫克只好丟下他，群眾方才讓他們通過。將到海灘，忽有土人的快船來報信，說海灣裏鎗炮打死了人。原來是布萊開鎗追趕一隻船，大船上發炮是掩護他。李克門因也下令開鎗，打死了一個酋長。當下群情憤激，圍攻庫克一行人，前仆後繼，庫克被小刀戳死，跟去的一個少尉僅以身免。另一個少尉在海邊接應，怯懦不前，反而把船退遠了些。但是事後追究責任，大家都知道是最初幾鎗壞事。如果不是布萊先開鎗，李克門比他還更年青，絕對不會擅自開鎗。布萊不但資格較老，做庫克的副手也已經兩年了。金少尉繼任指揮，寫報告只歸罪於土人，但是後來著書記載大名鼎鼎的庫克之死，寫開鎗「使事件急轉直下，是致命的一著。」這書布萊也有一本，在書頁邊緣上手批：「李克門開火，打死了一個人，但是消息傳到的時候，攻擊已經完畢。」不提自己，而且個個都批評。

那次是他急於有所表現，把長官的一條命送在他手裏，僥倖並沒有影響事業。十年後出了邦梯案，不該不分輕重都告在裏面，結果逮回來的十個人被控訴，只絞死三個。海五德案子一了，他家裏就反攻復仇，布萊很受打擊。又有克利斯青的哥哥愛德華代弟弟洗刷。克利斯青與大詩人威治威斯先後同學，愛德華一度在這學校教書，教過威治威斯。威治威斯說他是個「非常非常聰明的人。」愛德華訪問所有邦梯號生還的人，訪問記出了本小冊子，比法庭上的口供更詳盡。布萊二次取麵包果回來，又再重新訪問這些人，也出小冊子打筆墨官司。但是他的椰子公案已經傳為笑柄。上次丟了船回來倒反而大出風頭，這次移植麵包果完成使命回來，竟賦閒在家一年半，拿半俸，家裏孩子多，支持不了。

此後兩次與下屬涉訟，都很失面子，因為不是名案，外界不大知道。他太太不斷寫信代為申辯。晚年到澳洲做州長，她得了怔忡之疾，不能同去。「甜酒之亂」他被下屬拘禁兩年，回國後還需要上法庭對質，勝訴後年方六十就退休了，但是一場官司拖得很久，她已經憂煎過度病卒。他這位太太顯然不是單性人用來裝幌子的可憐蟲。她除了代他不平，似乎唯一遺憾是只有六個女兒，兩個患痴呆症，一個男雙胞胎早夭。

布萊的身後名越來越壞，直到本世紀三〇年間上銀幕，卻爾斯勞頓漫畫性的演出引起一種反激作用，倒又有人發掘出他的好處來。邦梯號繞過南美洲鞋尖的時候，是英國海軍部官場習氣，延誤行期，久不批准，所以氣候壞，剛趕上接連幾星期的大風暴，驚險萬分。全虧布萊調度有方，鼓勵士氣無微不至，船上每層都生火，烤乾溼衣服，發下滾熱的麥片與沖水的酒，病倒的儘可能讓他們休息，大家也都齊心。他一向講究衛生，好潔成癖，在航行日錄上寫道：「他們非得要人看著，像帶孩子一樣。」不管天氣冷熱，颳風下雨，每天下午五時至八時全體在甲板上強迫跳舞，活動血脈，特地帶了個音樂師來拉提琴。在艱苦的旅程中，他自矜一個水手也沒死，後來酗酒的醫生過失殺人，死掉一個，玷污了他的紀錄，十分痛心。

船到塔喜堤之前，他叫醫生檢查過全體船員，都沒有性病。此後克利斯青在塔喜堤也傳染上了，有潔癖的布萊還苦苦逼他重溫舊夢？這是同性戀之說的疑竇之一。

邦梯號上的見習士官全都是請托介紹來的，清一色的少爺班子，多數是布萊妻黨的來頭，如海五德是他丈人好友之子，海籟是他太太女友的弟弟。他這樣一個精明苛刻的能員，卻冒險起用這一批毫無經驗的公子哥兒，當然是為了培植關係，早年吃夠了乏人援引的虧。連克利斯青在內，他似乎家境不如門第，但也是托布萊丈人家舉薦的，論經驗也不堪重用。布萊這樣熱中的人，靠裙帶風光收了幾個得力門生，竟把來權充孌童，還胆敢隱隱約約向孩子的父親誇耀，未免太不近情理。書中不止一次引他給海五德父親信上那句話作證：「他一舉一動都使我愉快滿意」，是想到歪裏去了。

至於克利斯青秘密托海五德傳話，如果不是關於同性戀，是說什麼？他這麼一個多情公子，二十二三歲最後一次離開英國之前，戀愛史未見得是一張白紙，極可能有秘密婚約之類的事。現在知道永遠不能回國了，也許有未了的事，需要托他哥哥愛德華。事涉閨閣，為保全對方名譽起見，愛德華根本否認海五德帶過秘密口信給他，海五德也不辯白，因此別人都以為是他把話給吃掉了。

當然這都是揣測之詞。說沒有同性戀，也跟說有一樣，都不過是理論。要證據只有向叛變那一場的對白中去找，因為那時候布萊與克利斯青當眾爭論三小時之久，眾目睽睽之下，他二人又都不是訓練有素的雄辯家，律師或是名演員。如果兩人之間有點什麼曖昧，在這生死關頭，氣急敗壞，難免流露出來。若問兵變不比競選，怎有公開辯論的餘裕，這場戲根本紊亂散漫而又異樣，非但不像傳奇劇，還有點鬧劇化。布萊被喚醒押到甲板上，只穿著件長襯衫——也就是短睡袍——兩手倒剪在背後綁著，匆忙中把襯衫後襟也縛在裏面，露出屁股來。克利斯青一直手裏牽著這根繩子，另一隻手持鎗，上了刺刀。有時候一面說話，放下繩子，按著布萊的肩膀，親密的站在一起，像兩尊並立的彫像。

起先他用刺刀嚇噤布萊：「閉嘴！你一開口就死了。」但是不久雙方都抗議，輪流嚷一通。邱吉爾等兩個最激烈的船員也發言，逐個發洩一頓。話說多了口乾，三心兩意的美國人馬丁竟去剝了一隻柚子，餵給布萊吃。

克利斯青也覺口渴，叫布萊的僕人下船去到船長艙房裏多拿幾瓶甜酒來，所有武裝的人都有份。又吩咐「把船長的衣服也帶上來。」僕人下去之前先把布萊的襯衫後襟拉了出來。（按：大概因為聽上去預備讓他穿著齊整，知道代為整衣無礙。）

布萊希望他們喝醉了好乘機反攻，不然索性酒後性起殺了他。但是並沒醉。原定把他放逐到附近一個島上，小救生艇蛀穿了底，一下水就沉了，克利斯青只得下令放下一隻中號的，費了四十分鐘才放下去。晨七時，這才知道有不止二十個人要跟布萊走。對於克利斯青是個大打擊，知道他錯估了大家的情緒。如果硬留著不放，怕他們來個「反叛變」。不留，船上人手不夠，而且這隻救生艇至多坐十個人。錨纜員與木匠頭子力爭，要最大的一隻。楊自從一開始代他劃策後就沒露面，這時候忽然出現了一剎那，拿著鎗，上了刺刀，示意叫他應允。他把那隻大的給了他們。

他的一種矛盾的心情簡直像哈姆雷特王子。邱吉爾想得周到，預先把木匠頭子的工具箱搬到甲板上，防他私自夾帶出去，不料他問克利斯青要這箱子，竟給了他。邱吉爾跟下小船去搶回來。琨托靠在闌干上探身出去叫喊：「給了他，他們一個月內就可以造出一隻大船。」救生艇上一陣掙扎，被邱吉爾打開箱子，奪過幾件重要的工具，扔給琨托。

他這裏往上拋，又有人往下丟。守中立的莫禮遜擲下一根纜繩，一隻鐵鈎，又幫著錨纜員柯爾把一桶食水搬下小船，臨行又把牛肉豬肉在船闌干上扔下去。柯爾拿了隻指南針，琨托攔阻道：「陸地看都看得見，要指南針做什麼？」另一個最兇橫的水手柏凱特竟做主讓他拿去了。作者李察浩認為是故意賣人情，萬一被捕希望減罪。走的人忙著搬行李糧食，都叫叛黨幫忙，臨了倒有一半人熱心幫助扛抬，彷彿討好似的。是否都是預先伸後腿，還是也於心不忍？跟這些人又無仇無怨，東西總要給他們帶足了，活命的希望較大。

只有琨托與邱吉爾阻止他們帶鎗械地圖文件。克利斯青也揮舞著刺刀叫喊：「什麼都不許拿走！」沒有人理睬。最後柯爾用一隻錶、一隻口哨換了四把刀防身。

青年盲樂師白恩還坐在中號救生艇裏，也沒有人通知他換了大號的。只聽見亂哄哄的，也不知道怎麼了，他一個人坐在那裏哭。

克利斯青在布萊旁邊已經站了快三小時，面部表情痛苦得好幾個人都以為他隨時可以自殺，布萊也是這樣想。

傅萊亞等幾個禁閉在自己艙房裏的人員都帶上來了。布萊手腕上的繩子已經解開，許多人簇擁著趕他下船。他還沒走到跳板就站住了，最後一次懇求克利斯青再考慮一下，他用榮譽担保，永遠把這件事置之度外。

「我家裏有老婆，有四個孩子，你也抱過我的孩子。」他又說。

「已經太晚了。我這些時都痛苦到極點。」

「不太晚，還來得及。」

「不，布萊船長，你但凡有點榮譽觀念，事情也不至於鬧到這地步。是你自己不顧老婆孩子。」

叛黨與忠貞份子聽得不耐煩起來，他們倆依舊長談下去。

「難道就沒有別的辦法？」布萊說。

柯爾插嘴解勸，克利斯青回答他：「不，我上兩個星期一直都痛苦到極點，我決定不再受這罪。你知道這次出來布萊船長一直把我當隻狗一樣。」

「我知道，我們都知道，可是你罷手了吧，看在上帝份上！」

有這麼一秒鐘，琨托、邱吉爾都怕克利斯青真會軟化——他已經一再讓步，自願把小船拖到島上。

傅萊亞也懇求，建議把布萊手鐐腳銬看管起來，改由克利斯青做指揮官。琨托、邱吉爾最怕這種妥協辦法，大呼小叫把聲音蓋了下去。傅萊亞一直打算伺機收復這條船，起先就想跟布萊一同挑撥群眾反攻，克利斯青怕他搗亂，把他關在艙房裏，他又要求看守讓他到炮手艙中談話，叫他拒絕跟船長坐小船走。

「那豈不是把我們當海盜辦？」

傅萊亞主張囚禁布萊，由克利斯青接任，也還是他那條詐降之計。神出鬼沒的楊，永遠是在緊要關頭驚鴻一瞥，此刻又出現了，拿著鎗。

「楊先生，這不是鬧著玩的。」布萊說。

「報告船長：餓肚子不是鬧著玩的。我希望你今天也吃夠了苦頭。」楊在叛變中一共只說了這兩句話。

大號救生艇已經坐滿了人。克利斯青又指名叫回三個人，一個修理鎗械的，兩個小木匠，少了他們不行，職位較高的又不放心。三人只得又走上跳板。

「反正已經坐不下了，」布萊安慰他們，「小子，別怕，我只要有一天回到英國，我會替你們說話。」

傅萊亞要求讓他也留下來，布萊也叫他不要走，但是克利斯青硬逼著他下去。

布萊最後向克利斯青說：「你這樣對待我，還報我從前對你的友誼，你認為是應當的？」

克利斯青感到困擾，臉上看得出猶疑的神氣。「這——布萊船長——就是囉！就是這一點——我實在痛苦——。」

布萊知道再也沒有別的話可說，默然下船。

這最後兩句對白值得玩味。如果他們有過同性戀關係，布萊又還想利用職權逼他重溫舊夢，他還會感念舊恩？早已抵銷了。書中在他回答之前加上一段心理描寫：他困惑，因為報復的代價太高，同船友伴極可能死掉一半，另一半也永遠成了亡命者，但是底下答覆的語氣分明是對布萊負疚，扯不到別人身上。李察浩似乎也覺得這一節對白證明他們沒有同性戀，推翻了他的理論，因此不得不加以曲解。

撇開同性戀，這本書其實把事件的來由已經解釋得相當清楚。叛變與事後自相殘殺同是楊唆使。書中稱為「這陰暗的人物」，只是一個黑色剪影。他是這批人裏面唯一的一個青年智識份子，在辟坎島上把能記憶的書全都寫了下來。近代名著《凱英號叛變》裏面也有個類似的角色，影片中由弗萊・麥克茂萊演，是個文藝青年，在戰艦上任職，私下從事寫作。大家背後抱怨船長神經病，他煽動這些青年軍官中職位最高的一個——范強生飾——鼓勵他叛變，後來在軍事法庭上受審，竟推得乾乾淨淨。這本書雖然是套邦梯案，比李察浩的書早二十年，不會知道楊的事，純是巧合，不過是諷刺智識份子夸夸其談，不負責任。楊比他複雜，為了朋友，把自己也葬送在裏面，後來也是因為失去了這份友誼而啣恨。不知道是否與他的西印度血液受歧視有關？

叛變固然是楊的主意，在這之前克利斯青已經準備逃亡。問題依舊是他與布萊之間的局面，何至於此？

這條船特別擠，船身不到九丈長，中艙全部闢作花房，因為盆栽的麵包果樹濺上一滴海水就會枯萎。剩下地方不多，擠上差不多五十個人。現代港台一帶的機帆船也許有時候更擠，但是航程短，大概只有潛水艇與太空船上的情形可以比擬。布萊嘮叨，在這狹小的空間內被他找上了，真可以把人嘀咕瘋了。

克利斯青人緣奇佳，布萊一向不得人心，跟庫克的時候也就寡言笑，三句不離本行。同性的朋友也往往是「異性相吸」，個性相反相成。布萊規定傅萊亞與醫生跟他一桌吃飯，顯然也需要年紀較大、閱歷深些的人作伴，無奈他實在跟人合不來，非得要像克利斯青這樣的圓融的青年迎合著他，因此師徒關係在他特別重要。當然也是克利斯青能吃苦，粗細一把抓，沒有公子哥兒習氣，他自己行伍出身的人，自然另眼看待。但是邦梯號一出大西洋就破格提升，李察浩認為是他們這時候發生了更進一層的關係，其實是針對傅萊亞。如莫禮遜札記中所說，越過傅萊亞頭上，是一種侮辱。

一到塔喜堤，布萊什麼都交給下屬，也不去查考——也許是避免與他們那些女人接觸——

連救生艇蛀穿了也直到叛變那天才發覺。他非常欣賞當地的女人，而一人向隅，看不得大家狂歡半年，一上船就收拾他們。對克利斯青卻是在塔喜堤就罵，想必因為是他的人，所以更氣他。克利斯青「爬得高跌得重」，分外羞憤。恩怨之間本來是微妙的，很容易就一翻身倒了個過。至於有沒有同性戀的暗流，那又是一回事，即有也是雙方都不自覺的。

三〇年間諾朵夫等二人寫《叛艦喋血記》，叛逆性沒有現在時髦，所以替克利斯青掩飾，再三聲明他原意只是把布萊手鐐腳銬押送回國法辦。「手鐐腳銬」是傅萊亞提出的處置布萊的辦法，但是當然沒有建議克利斯青送他回國自投羅網。改為克利斯青的主張，把他改成了個渾小子，腦筋不清楚。

這本書最大的改動是加上一個虛構的白顏，用他作第一人稱，篇幅也是他佔得最多，是主角身分，不僅是敘述者。歷史小說用虛構的人物作主角，此後又有《永遠的琥珀》，但那是公認為低級趣味的，而《叛艦喋血記》在通俗作品中評價很高。白序裏說明白顏是根據海五德創造的。海五德為什麼不合適，沒提，當然是因為他在事變中態度曖昧，理由是年幼沒經過事。他十六歲，但是很聰明，後來在塔喜堤住了兩年，還編字典。那天的短暫痴呆症似是劇烈的內心鬥爭，暫時癱瘓了意志。也許是想參加叛變而有顧慮，至少希望置身事外。

白顏就完全是冤獄，本來是跟布萊走的，不過下去理行李的時候，想抓住機會打倒看守奪鎗，所以來遲一步，救生艇已經坐滿了人。布萊叫他不要下船，答應回國代為分說。這是借用其他三個人的事，小木匠等三人已經上了小船又被克利斯青喚回。被喚回是沒辦法，換了遲到的人，布萊多少有點疑心，不會自動答應代為洗刷，而又食言。

兩位作者為了補這漏洞，又加上事變前夕布萊恰巧聽見白顏與克利斯青在甲板上談話，又偏只聽見最後一句「那我們一言為定」，事後思量，誤以為是約定謀反，因此回國後不履行諾言，將白顏列入叛黨內。叛變兩章根據在場諸人口述，寫得生龍活虎，只有這一段是敗筆，異常拙劣牽強。

我看的是普及本，沒有序，所以直到最近看見李察浩的書，船員名單上沒有白顏，才知道原來沒有這個人。這才恍然大悟，為什麼所有白顏正傳的部份都特別沉悶乏味：寡母請吃飯，初見布萊；母子家園玫瑰叢中散步談心；案發後，布萊一封信氣死了美而慧的母親；出獄回家，形單影隻，感慨萬千，都看得人昏昏欲睡。

邦梯號上人才濟濟，還有個現成的敘述者莫禮遜，許多史料都來自他的札記。他約有三十多歲，在水手中算老兵了，留著長長的黑髮。傅萊亞顯然信任他，一出事就跟他商量「反叛變」，他根據常識回答：「已經太晚了。」但是他第一個動手幫助船長一行人，向救生艇上投擲器材食物，扛抬食水。那天他的客觀冷靜大胆，簡直像個現代派去的觀察者。在法庭上雖然不像海五德有人撐腰，兩人都應對得當，判絞獲赦。但是在小說家看來，這些人統不合格，必須另外編造一個定做的小紙人，為安全便利起見，長篇大論寫他，都是任誰也無法反對的事，例如把海五德年紀加大三歲，到了公認可以談戀愛的年齡，不至於辜負南海風光，使讀者失望。但是就連這場戀愛也無味到極點，只夠向當時美國社會各方都打招呼，面面俱到。船員中只有他與塔喜堤女人結婚，而他這樣母子相依為命，有沒有顧慮到母親是否贊成，竟一字不提。雖然是土俗婚禮，法律上不生效，也並沒有另外結婚，而她也識相，按照電影與通俗小說中土女與東方女性的不成文法，及時死去，免得偕同回國害他為難。他二十年後才有機會回塔喜堤，聽見說她早已亡故，遺下他的一個女兒，就是那邊走來的一個高大的少婦，抱著孩子。一時百感交集，沒認女兒外孫，怕受不了——也避免使有些讀者起反感。一段極盡扭捏之致。

不過是一本過時的美國暢銷書，老是鍥而不捨的細評起來，迹近無聊。原因是大家都熟悉這題材，把史實搞清楚之後，可以看出這部小說是怎樣改，為什麼改，可見它的成功不是偶然的。同時可以看出原有的故事本身有一種活力，為了要普遍的被接受，而削足適履。它這一點非常典型性，不僅代表通俗小說，也不限西方。

續集《辟坎島》沒有另起爐灶換個虛構的主角，就不行。雖然口口聲聲稱綺薩貝拉為克利斯青太太——大概是依照亞當斯晚年的潔本的口吻——言語舉止也使人絕對不能想像她跳草裙舞，但還是改得不夠徹底，還有這樣的句子：克利斯青反對威廉斯獨佔土人妻，建議另想辦法，說：「你難道沒有個朋友肯跟你共他的女人？」令人失笑。並不是諾朵夫等只會寫男童故事；二人合著的南太平洋羅曼史還有《颶風》，寫早期澳洲的有《植物學灣》，製成影片都是賣座的名片。辟坎島的故事苦於太不羅曼蒂克，又自有一種生命力，駕馭不了它。在李察浩書中這故事返璞歸真，簡直可能是原子時代大破壞後，被隔離的一個小集團，在真空中，社會制度很快的一一都崩潰了，退化到有些獸類社團的階段，只能有一個強大的雄性，其餘的雄性限未成年的。辟坎島人最後靠宗教得救，也還是剩下的唯一的一個強大的雄性制定的。

近來又出了部小說《再會，克利斯青先生！》寫布萊垂涎海五德，妒忌克利斯青與海五德同性戀愛。辟坎島上土人起事，克利斯青重傷未死，逃了出來，多年後一度冒險回英國，在街上重逢海五德，沒有招呼。此後仍舊潛返辟坎島與妻兒團聚，在他常去的崖頂山洞裏獨住，不大有人知道。男色是熱門題材，西方最後的一隻禁果，離《叛艦喋血記》的時代很遠了，書也半斤八兩，似乎銷路也不錯。雖然同是英國出版，作者顯然沒有來得及看見李察浩的書。

弗洛依德的大弟子榮（Jung）給他的信上談心理分析，說有個病例完全像易卜生的一齣戲，又說：「凡是能正式分析的病都有一種美，審美學上的美感。」——見《弗洛依德、榮通信集》，威廉麥檜（McGuire）編——這並不是病態美，他這樣說，不過因為他最深知精神病人的歷史。別的生老病死，一切人的事也都有這種美，只有最好的藝術品能比。

・初載於一九七五年九月一日《中國時報》人間副刊。

#《張看》自序

珍珠港事變兩年前，我同炎櫻剛進港大，有一天她說她父親有個老朋友請她看電影，叫我一塊去。我先說不去，她再三說：「沒什麼，不過是我父親從前的一個老朋友，生意上也有來往的。打電話來說聽見摩希甸的女兒來了，一定要見見。」單獨請看電影，似乎無論中外都覺得不合適。也許舊式印度人根本不和女性來往，所以沒有這些講究。也許還把她當小孩看待。是否因此要我陪著去，我也沒問。

是中環一家電影院，香港這一個類型的古舊建築物有點像影片中的早期澳洲式，有一種暗污穢大而無當的感覺，相形之下街道相當狹窄擁擠。大廣告牌上畫的彷彿是流血的大場面，烏七八糟，反正不是想看的片子，也目不暇給。門口已經有人迎了上來，高大的五十多歲的人，但是瘦得只剩下個框子。穿著一套泛黃的白西裝，一二十年前流行，那時候已經絕迹了的。整個像毛姆小說裏流落遠東或南太平洋的西方人，膚色與白頭髮全都是泛黃的髒白色，只有一雙纏滿了血絲的麻黃大眼睛像印度人。

炎櫻替我介紹，說：「希望你不介意她陪我來。」不料他忽然露出非常窘的神氣，從口袋裏掏出兩張戲票向她手裏一塞，只咕噥了一聲「你們進去，」匆匆的就往外走。

「不不，我們去補張票，你不要走，」炎櫻連忙說。「潘那磯先生！不要走！」

我還不懂是怎麼回事。他只擺了擺手，臨走又想起了什麼，把手裏一隻紙包又往她手裏一塞。

她都有點不好意思，微笑低聲解釋：「他帶的錢只夠買兩張票。」打開紙包，見是兩塊浸透加糖雞蛋的煎麵包，用花花綠綠半透明的麵包包裝紙包著，外面的黃紙袋還滲出油漬來。

我們只好進去。是樓上的票，最便宜的最後幾排。老式電影院，樓上既大又坡斜得厲害，真還沒看見過這樣險陡的角度。在昏黃的燈光中，跟著領票員爬山越嶺上去，狹窄的梯級走道，釘著麻袋式棕草地毯。往下一看，密密麻麻的樓座扇形展開，「地陷東南」似的傾塌下去。下緣一線闌干攔住，懸空吊在更低的遠景上，使人頭暈。坐了下來都怕跌下去，要抓住座位扶手。開映後，銀幕奇小，看不清楚，聽都聽不大見。在黑暗中她遞了塊煎麵包給我，拿在手裏怕衣裳上沾上油，就吃起來，味道不錯，但是吃著很不是味。吃完了，又忍耐著看了會電影，都說：「走吧，不看了。」

她告訴我那是個帕西人（Parsee）——祖籍波斯的印度拜火教徒——從前生意做得很大。她小時候住在香港，有個麥唐納太太，本來是廣東人家養女，先跟了個印度人，第三次與人同居是個蘇格蘭人麥唐納，所以自稱麥唐納太太，有許多孩子。跟這帕西人也認識，常跟他鬧著要給他做媒，又硬要把大女兒嫁給他。他也是喜歡宓妮，那時候宓妮十五歲，在學校讀書，不肯答應。她母親騎在她身上打，硬逼著嫁了過去，二十二歲就離婚，有一個兒子，不給他，也不讓見面。他就喜歡這兒子，從此做生意倒楣，越來越蝕本。宓妮在洋行做事，兒子有十九歲了，跟她像姐妹兄弟一樣。

有一天宓妮請炎櫻吃飯，她又叫我一塊去。在一個廣東茶樓午餐，第一次吃到菊花茶，擱糖。宓妮看上去二三十歲，穿著洋服，中等身材，體態輕盈，有點深目高鼻，薄嘴唇，非常像我母親。一頓飯吃完了，還是覺得像。炎櫻見過我母親，我後來問她是不是像，她也說「是同一個典型」，大概沒有我覺得像。

我母親也是被迫結婚的，也是一有了可能就離了婚。我從小一直聽見人說她像外國人，頭髮也不大黑，膚色不白，像拉丁民族。她們家是明朝從廣東搬到湖南的，但是一直守舊，看來連娶妾也不會娶混血兒。我弟弟像她，除了白。中國人那樣的也有，似乎華南之外還有華東沿海一直北上，還有西北西南。這本集子裏「談看書」，大看人種學，尤其是史前白種人在遠東的蹤迹，也就是納罕多年的結果。

港戰後我同炎櫻都回到上海，在她家裏見到麥唐納太太，也早已搬到上海來了，彷彿聽說囤貨做點生意。她生得高頭大馬，長方臉薄施脂粉，穿著件小花布連衫裙，腰身粗了也仍舊堅實，倒像有一種爽利的英國女人，唯一的東方風味是漆黑的頭髮光溜溜梳個小扁髻，真看不出是六十多歲的人。有時候有點什麼事托炎櫻的父親，嗓音微啞，有說有笑的，眼睛一瞇，還帶點調情的意味。

炎櫻說宓妮再婚，嫁了她兒子的一個朋友湯尼，年紀比她小，三個人在一起非常快樂。我看見他們三個人在一個公眾游泳池的小照片，兩個青年都比較像中國人。我沒問，但是湯尼總也是他們這第三世界的人——在中國的歐美人與中國人之外的一切雜七咕咚的人，白俄又在外。

麥唐納太太母女與那帕西人的故事在我腦子裏也潛伏浸潤了好幾年，怎麼寫得那麼糟，寫了半天還沒寫到最初給我印象很深的電影院的一小場戲，已經寫不下去，只好自動腰斬。同一時期又有一篇〈創世紀〉寫我的祖姨母，只記得比〈連環套〉更壞。她的孫女與耀球戀愛，大概沒有發展下去，預備怎樣，當時都還不知道，一點影子都沒有，在我這專門愛寫詳細大綱的人，也是破天荒。自己也知道不行，也腰斬了。戰後出《傳奇》增訂本，沒收這兩篇。從大陸出來，也沒帶出來，再也沒想到三十年後陰魂不散，會又使我不得不在這裏作交代。

去年唐文標教授在加州一個大學圖書館裏發現四〇年間上海的一些舊雜誌，上面刊有我這兩篇未完的小說與一篇短文，影印了下來，來信徵求我的同意重新發表。內中那篇短文〈姑姑語錄〉是我忘了收入散文集《流言》。那兩篇小說三十年不見，也都不記得了，只知道壞。非常頭痛，躊躇了幾星期後，與唐教授通了幾次信，聽口氣絕對不可能先寄這些影印的材料給我過目一下。明知這等於古墓裏掘出的東西，一經出土，遲早會面世，我最關心的是那兩個半截小說被當作完整的近著發表，不如表示同意，還可以有機會解釋一下。因此我同意唐教授將這些材料寄出去，刊物由他決定。一方面我寫了一段簡短的前言，說明這兩篇小說未完的原因，《幼獅文藝》登在〈連環套〉前面。《文季》刊出〈創世紀〉後也沒有寄一本給我，最近才看到，前面也有刪節了的這篇前言。

《幼獅文藝》寄〈連環套〉清樣來讓我自己校一次，三十年不見，儘管自以為壞，也沒想到這樣惡劣，通篇胡扯，不禁駭笑。一路看下去，不由得一直齜牙咧嘴做鬼臉，皺著眉咬著牙笑，從齒縫裏迸出一聲拖長的「Eeeeee!」（用「噫」會被誤認為嘆息，「咦」又像驚訝，都不對）連牙齒都寒颼颼起來，這才嘗到「齒冷」的滋味。看到霓喜去支店探望店夥情人一節，以為行文至此，總有個什麼目的，看完了詫異的對自己說：「就這樣算了？」要想探測寫這一段的時候的腦筋，竟格格不入進不去，一片空白，感到一絲恐怖。當時也是因為編輯拉稿，前一個時期又多產。各人情形不同，不敢說是多產的教訓，不過對於我是個教訓。這些年來沒寫出更多的〈連環套〉，始終自視為消極的成績。

這兩篇東西重新出現後，本來絕對不想收入集子，聽見說盜印在即，不得已還是自己出書，至少可以寫篇序說明這兩篇小說未完，是怎麼回事。搶救下兩件破爛，也實在啼笑皆非。

• 初載於一九七六年二月十日《聯合報》副刊。

《張看》附記

以上兩篇「少作」近來又陸續出土了。因為有些讀者沒有看見過，覺得應當收入這本集子，但是已經排印，只好贅在後面。原是按時序排列的，這一來秩序大亂。好在本來是個雜拌。

又，〈我的天才夢〉獲《西風》雜誌徵文第十三名名譽獎。徵文限定字數，所以這篇文字極力壓縮，剛在這數目內，但是第一名長好幾倍。並不是我幾十年後還在斤斤較量，不過因為影響這篇東西的內容與可信性，不得不提一聲。

・初載於一九七六年五月皇冠張愛玲全集《張看》。

關於《笑聲淚痕》

久已聽見說香港有個冒我的名寫的小說《笑聲淚痕》，也從來沒想到找來看。前些時終於收到友人寄來一本，甚至於也還是擱在那裏兩個月都懶得看。罵我的書特意寄贈一冊，也只略翻了翻，就堆在一疊舊雜誌上，等以後搬家的時候一併清除。倒不是怕看，是真的不感興趣。並不是我忽然「小我大我」起來，對於講我的話都一點好奇心都沒有。提起我也不一定與我有關。除了纏夾歪曲之外，往往反映作者自身的嘴臉與目的多於我。至於讀者的觀感，我對於無能為力的事不大關心，只有自己勢力圈內，例如上次寄出〈三詳紅樓夢〉後又通篇改寫，但是已經駟馬難追，那才急得團團轉。不過這本《笑聲淚痕》需要寫篇短文聲明不是我寫的，只好到底還是看了。

有人冒名出書，彷彿值得自矜，總是你的名字有號召力。想必找了槍手，模仿得有幾分像，才充得過去。被剝削了還這樣自慰，近於阿Q心理。而且根本不是這麼回事。書末附有一篇類似跋的文字，標題「關於《戀之悲歌》」，下面署名製版，鋼筆簽名「陳影」。開首如下：

《戀之悲歌》，正如它的書名那樣，從頭至尾是一個悲劇。作為悲劇的主角——章雲裳，是值得我們同情的。她雖然因生活而被迫走入歡場，她雖然飽經滄桑，飽受苦難；……

可知此書原名《戀之悲歌》，陳影著——除非是用另一個名字，這篇跋冒充附錄的書評，自吹自捧一番。小說糟到坊間不會有人出的地步，可能是自費出版的。印刷所手中有紙版，樂得盜印，只換了個封面，書名改了，作者名字換了個比較眼熟的，人又在遠方的，不會有麻煩。這樣看來，原作者也是受害人了。

此人大概是真姓陳，不是筆名，因為書中敘述者名叫陳丹，寫跋的又是陳影。照他的作風做法，絕捨不得隱姓埋名。他是廣東人，屢次稱「喜歡」為「鍾意」：「這是我最鍾意聽她唱的兩支歌」（第十三頁）；「但是他對我已經鍾意，是毋容再研究的了。」（第六十頁）——「容」是別字，不是排字錯誤。——國語吳語雖然也有「中意」，用法不同些。——書中男主角的故鄉也是廣東一個小鎮。

此人大概年紀不輕了。書中信件具名都是「王彼得鞠躬」，「陳丹鞠躬」，這款式近年來只有喜帖上難得有時候還有。

書中敘述者與男主人翁都是私家偵探，不過男主角已經在美改行經商。除了看電視影集，嚮往私家偵探生涯，他還有個理由要男主角也是偵探：得與女主角邂逅相遇。她在咖啡館看見報上暗殺案標題與死者的照片，誤以為是她離了婚的丈夫被殺，驚呼「桑堅國！」名探王彼得立即趨前問她是否認識桑堅國，因此交談，得知她的身世。原來兩個桑堅國面貌也相同——賈寶玉甄寶玉至少不同姓。

王彼得到舞廳去「拜訪」她，發生情愫，但是沒有與她結合，因為中學時代有個女同學單戀他，在一個大雷雨的晚上藉口怕鬼，投懷送抱，失身於他。他離開了上海，到抗戰後方去。輾轉赴美，失去聯絡。多年後，聽說他那女同學已經削髮為尼，而又瘋癲投井自殺了，他這才自由了，委托香港一個私家偵探打聽那舞女的下落。偵探陳丹看她的照片面熟，想起半個月前救護一個車禍中的少女，長得一模一樣，當時沒見到她母親，再去找她，果然她母親酷肖照片中的章雲裳，自稱王太太章依戀，伴舞瞞著女兒，只告訴她，父親在美國經商，按月寄家用來。

陳丹因為主顧諄囑切勿向章雲裳提起他，好讓她驚奇一下，因此不便說穿，在舞廳點唱王彼得從前最愛聽她唱的兩支歌，試探她的反應，證實章依戀是否就是章雲裳。不料她歌唱時悲痛過度，當場暈倒，送入醫院。王彼得自美來港，醫院訪問時間已過，次日再去，已經死了，緣慳一面，萬念俱灰，告訴陳丹他預備終身不娶，把她前夫的女兒帶回美國，視為己女。雨中機場道別。兩位大偵探緊緊握著手，說不出話來。王彼得「臉上混凝著雨水和淚水。」終於迸出一句「再——見，陳——先——生！……」

我看了不禁想道：「活該！誰叫你眼高手低，至於寫不出東西來，讓人家寫出這樣的東西算你的，也就有人相信，香港報上還登過書評。」

可千萬不要給引起好奇心來，去買本來看看。薄薄一本，每章前後空白特多。奇文共欣賞，都已奉告，別無細節。

・初載於一九七六年十二月十五日《聯合報》副刊。

把我包括在外

過去好萊塢製片山謬・高爾溫是東歐移民——波蘭猶太人，原姓Goldfish（金魚）——十七歲來新大陸，活到九十歲高齡，英語始終不純熟——據說個性強的人沒有語言天才，大概有點道理——往往錯得妙趣橫生，以至於字典裏添了個新字Goldwynism（高爾溫纏夾語）。甚至於許多人認為有些都是他麾下的宣傳部捉刀捏造的，好讓影劇社交圈專欄報導，代為揚名。但是他最出名的幾句名言絕對不是任何人所能臆造的，例如「把我包括在外」（Include me out）；「我只要用兩個字告訴你：『不』『可能』（Im Possible）。」（英文不可能[Impossible]是一個字。）

聯副新闢「文化街」一欄，寄了一份表格來讓我填寫近址的城鄉地名與工作性質。這又不是什麼秘密，而且我非常欣賞題名「文化街」。但是在文化街蹓躂看櫥窗有我，遇到電台記者採訪輿情，把擴音機送到唇邊——尼克遜總統辭職那天我就在好萊塢大道上遇見過一個——我就不免引一句「把我包括在外」了。寫了這麼兩段，可否代替填表？

・初載於一九七九年二月二十六日《聯合報》副刊。

表姨細姨及其他

林佩芬女士在《書評書目》上評一篇新近的拙著短篇小說，題作〈看張——〈相見歡〉的探討〉，篇首引袁枚的一首詩，我看了又笑又佩服，覺得引得實在好，抄給讀者看：

愛好由來落筆難，
一字千改始心安；
阿婆還是初笄女，
頭未梳成不許看。

——袁枚・遣興

文內提起這故事裏伍太太的女兒稱母親的表姐為「表姑」，而不是表姨，可見「兩人除了表姐妹之外還有婚姻的關係——兩人都是親上加親的婚姻，伍太太的丈夫是她們的表弟，荀太太的丈夫也是『親戚故舊』中的一名。」

林女士實在細心。不過是荀太太的丈夫比她們表姐妹倆小一歲，伍太太的丈夫不見得也比太太年青。

其實嚴格的說來，此處應作「表姨」。她們不過是單純的表姐妹。寫到「表姑」二字的時候我也曾經躊躇了一會，但是沒想到應當下註解。

我有許多表姑，表姨一個都沒有。我母親的表姐妹也是我父親的遠房表姐妹，就也算表姑。我直到現在才想起來是忌諱「姨」字。難道「表」不諧音「婊」字？不但我們家——我們是河北人——在親戚家也都沒聽見過「表姨」這稱呼。唯一的例外是合肥李家有個女婿原籍揚州，是親戚間唯一的蘇北人，他太太跟我姑姑是堂表姐妹，他們的子女叫我姑姑「表姨娘」。當時我聽著有點刺耳，也沒去研究為什麼。固然紅樓二尤也是賈蓉的姨娘——已婚稱「姨媽」，未婚稱「姨娘」沒錯，不過《紅樓夢》裏小輩也稱姨娘為「姨娘」。想必因為作妾不是正式結婚，客氣的尊稱只好把來作為未婚的姨母看待。

我母親是湖南人，她稱庶母「大姨二姨」。我舅母也是湖南人。但是我舅舅家相當海派，所以表姐妹們叫舅母的妹妹「阿姨」——「阿姨」是吳語，近年來才普及——有「阿姨」的也只此一家。

照理「姨媽」這名詞沒有代用品，但是據我所知，「姨媽」也只有一個。李鴻章的長孫續娶詩人楊雲史的妹妹，小輩都稱她的姐姐「大姨媽」。楊家是江南人——常熟？

但是我稱我繼母的姐妹「大姨」「八姨九姨」以至於「十六姨」。她們父親孫寶琦有八個兒子，十六個女兒。孫家彷彿是江南人——我對這些事一向模糊——雖然都一口京片子非常道地。

此外我們這些親戚本家都來自華北華中與中南部。看來除了風氣較開放的江南一隅——延伸到蘇北——近代都避諱「姨」字，至少口頭上「姨」「姨娘」的稱呼已經被淘汰了，免與姨太太混淆。

閩南話「細姨」是妾，想必福建廣東同是稱「小」作「細」。現在台灣恐怕不大有人稱妻妹為小姨了。

三〇年間張資平的暢銷小說，有一篇寫一個青年與他母親的幼妹「雲」姨母戀愛。「雲姨母」顯然不是口語，這稱呼很怪，非常不自然，是為了避免稱「雲姨」或「雲姨娘」。即使是文言，稱未婚少女為「姨母」也不對。張資平的小說外表很西式，橫行排字，書中地點都是些「H市」「S市」，也看不出是否大都市，無法推測是漢口上海還是杭州汕頭。我的印象是作者是內地人，如果在上海寫作也是後來的事。他顯然對「姨」字也有過敏性。

「表姑」「表姨」的糾紛表過不提，且說《相見歡》這篇小說本身，似乎也應當加註解。短短一篇東西，自註這樣長，真是個笑話。我是實在嚮往傳統的白描手法——全靠一個人的對白動作與意見來表達個性與意向。但是嚮往歸嚮往，是否能做到一兩分又是一回事了。顯然失敗了，連林女士這樣的細心人都沒看出《相見歡》中的荀紹甫

①對他太太的服飾感到興趣，雖然他不是個娘娘腔的人；

②認為盲婚如果像買獎券，他中了頭獎；

③跟太太說話的時候語聲溫柔，與平時不同；

④雖然老夫老妻年紀都已過中年，對她仍舊有強烈的慾望；是愛他太太。至於他聽不懂她的弦外之音，又有時候說話不留神，使她生氣，那是多數粗豪的男子的通病。

這裏的四個人物中，伍太太的女兒是個旁觀者。關於她自己的身世，我們只知道她家裏反對她早婚，婚後丈夫出國深造，因為無法同去，這才知道沒錢的苦處。這並不就是懊悔嫁了個沒錢的人，至少沒有悔意的迹象，小夫妻倆顯然恩愛。不過是離愁加上面對現實——成長的痛苦。

伍太太有兩點矛盾：

①痛心她摯愛的表姐彩鳳隨鴉，代抱不平到恨不得她紅杏出牆，而對她釘梢的故事感到鄙夷不屑——當是因為前者是經由社交遇見的人，較羅曼蒂克；

②因為她比荀太太有學識，覺得還是她比較能了解紹甫為人——他寧可在家裏孵豆芽，不給軍閥做事，北伐後才到南京找了個小事。但是她一方面還是對紹甫處處吹毛求疵，對自己的丈夫倒相當寬容，「怨而不怒」，——只氣她的情敵，心裏直罵「婊子」，大悖她的淑女形象——被遺棄了還樂於給他寫家信。

顯然她仍舊妒恨紹甫。少女時代同性戀的單戀對象下嫁了他，數十年後餘憤未平。倒是荀太太已經與現實媾和了，而且很知足，知道她目前的小家庭生活就算幸福的了。一旦紹甫死了生活無著，也準備自食其力。她對紹甫之死的冷酷，顯示她始終不愛他。但是一個人一輩子總也未免有情，不過她當年即使對那戀慕她的牌友動了心，又還能怎樣？也只好永遠念叨著那釘梢的了。

幾個人一個個心裏都有個小火山在，儘管看不見火，只偶而冒點烟，並不像林女士說的「槁木死灰」，「麻木到近於無感覺」。這種隔閡，我想由來已久。我這不過是個拙劣的嘗試，但是「意在言外」「一說便俗」的傳統也是失傳了，我們不習慣看字裏行間的夾縫文章。

而從另一方面說來，夾縫文章並不是打謎。林女士在引言裏說我的另一篇近作《色，戒》——

……是在探討人心中「價值感」的問題。（所以女主角的名字才諧音為「王佳芝」？）

使我聯想到《中國時報》人間副刊上曾經有人說我的一篇小說《留情》中淡黃色的牆是民族觀念——偏愛黃種人的膚色——同屬《紅樓夢》索隱派。當然，連《紅樓夢》都有卜世仁（不是人），賈芸的舅舅。但是當時還脫不了小說是遊戲文章的看法，曹雪芹即使不同意，也不免偶一為之。時至今日，還幼稚到用人物姓名來罵人或是暗示作書宗旨？

此外林女士還提起《相見歡》中的觀點問題。我一向沿用舊小說的全知觀點羼用在場人物觀點。各個人的對話分段。這一段內有某人的對白或動作，如有感想就也是某人的，不必加「他想」或「她想」。這是現今各國通行的慣例。這篇小說裏也有不少這樣的例子。林女士單挑出伍太太想的「外國有這句話：『死亡使人平等。』其實不等到死已經平等了。當然在一個女人是已經太晚了……」指為「夾評夾敘」，是「作者對小說中人物的批判」，想必因為原文引了一句英文名句，誤認為是作者的意見。

伍太太「一肚子才學」（原文），但是沒說明學貫中西。伍太太實有其人，曾經陪伴伍先生留學英美多年，雖然沒有正式進大學，英文很好。我以為是題外文章，略去未提。倘然提起過，她熟悉這句最常引的英語，就不至於顯得突兀了。而且她女兒自恨不能跟丈夫一同出國，也更有來由。以後要把這一點補寫進去，非常感謝林女士提醒我。

・初載於一九七九年五月十一日《聯合報》副刊。

談吃與畫餅充飢

報刊上談吃的文字很多，也從來不嫌多。中國人好吃，我覺得是值得驕傲的，因為是一種最基本的生活藝術。如插花與室內裝修，就不是人人都能做得到的，而相形之下又都是小事。「民以食為天」，但看大餅油條的精緻，就知道「食」不光是填飽肚子就算了。燒餅是唐朝自西域傳入，但是南宋才有油條，因為當時對奸相秦檜的民憤，叫「油炸檜」，至今江南還有這名稱。我進的學校，宿舍裏走私販賣點心與花生米的老女傭叫油條「油炸檜」，我還以為是「油炸鬼」——吳語「檜」讀作「鬼」。大餅油條同吃，由於甜鹹與質地厚韌脆薄的對照，與光吃燒餅味道大不相同，這是中國人自己發明的。有人把油條塞在燒餅裏吃，但是油條壓扁了就又稍差，因為它裏面的空氣也是不可少的成分之一。

周作人寫散文喜歡談吃，為自己辯護說「飲食男女，人之大慾存焉」，但是男女之事到處都是一樣，沒什麼可說的，而各地的吃食不同。這話也有理，不過他寫來寫去都是他故鄉紹興的幾樣最節儉清淡的菜，除了當地出筍，似乎也沒什麼特色。炒冷飯的次數多了，未免使人感到厭倦。

一樣懷舊，由不同的作者寫來，就有興趣，大都有一個城市的特殊情調，或是濃厚的鄉土氣息。即使是連糯米或紅棗都沒有的窮鄉僻壤，要用代用品，不見得怎麼好吃，而由於懷鄉症與童年的回憶，自稱饞涎欲滴。這些代用品也都是史料。此外就是美食家的回憶錄，記載的名菜小吃不但眼前已經吃不到了，就有也走了樣，就連大陸上當地大概也絕迹了，當然更是史料。不過給一般讀者看，盛筵難再，不免有畫餅充飢之感，尤其是身在海外的人。我們中國人享慣口福，除了本土都是中國人的災區，赤地千里。——當然也不必慘到這樣。西諺有云：「二鳥在林中不如一鳥在手。」先談樹叢中啁啾的二鳥，雖然驚鴻一瞥，已經消逝了。

我姑姑有一次想吃「黏黏轉」，是從前田上來人帶來的青色的麥粒，還沒熟。我太五穀不分，無法想像，只聯想到「青禾」，王安石的新政之一，講《綱鑑易知錄》的老先生沉著臉在句旁連點一串點子，因為擾民。總是捐稅了——還是貸款？我一想起來就腦子裏一片混亂，我姑姑的話根本沒聽清楚，只聽見下在一鍋滾水裏，滿鍋的小綠點子團團急轉——因此叫「黏黏（拈拈？年年？）轉」，吃起來有一股清香。

自從我小時候，田上帶來的就只有大麥麵子，暗黃色的麵粉，大概乾焙過的，用滾水加糖調成稠糊，有一種焦香，遠勝桂格麥片。藕粉不能比，只宜病中吃。出「黏黏轉」的田地也不知是賣了還是分家沒分到，還是這樣東西已經失傳了。田地大概都在安徽，我只知道有的在無為州，這富於哲學意味與詩意的地名容易記。大麥麵子此後也從來沒見過，也沒聽說過。

韓戰的中共宣傳報導，寫士兵空心肚子上陣，餓了就在口袋裏撈一把「炒麵」往嘴裏送，想也就是跟炒米一樣，可以用滾水沖了吃的。炒米也就是美國五花八門的「早餐五穀」中的「吹脹米」（puffed rice），儘管製法不同。「早餐五穀」只要加牛奶，比煮麥片簡便，又適合西方人喝冷牛奶的習慣，所以成為最大的工業之一。我們的炒米與大麥麵子——「炒麵」沒吃過不敢說——聽其自生自滅，實在可惜。

第一次看見大張的紫菜，打開來約有三尺見方，一幅脆薄細緻的深紫的紙，有點發亮，像有大波紋暗花的絲綢，微有摺痕，我驚喜得叫出聲來，覺得是中國人的傑作之一。紫菜湯含碘質，於人體有益，又是最簡便的速食，不過近年來似乎不大有人吃了。

聽見我姑姑說，「從前相府老太太看《儒林外史》，就看個吃。」親戚與傭僕都稱李鴻章的長媳「相府老太太」或是「二老太太」——大房是過繼的姪子李經芳。《儒林外史》我多年沒看見，除了救了匡超人一命的一碗菉豆湯，只記得每桌飯的菜單都很平實，是近代江南華中最常見的菜，當然對胃口，不像《金瓶梅》裏潘金蓮能用「一根柴禾就燉得稀爛」的豬頭，時代上相隔不遠，而有原始的恐怖感。

《紅樓夢》上的食物的一個特點是鵝，有「胭脂鵝脯」，想必是醃臘——醬鴨也是紅通通的。迎春「鼻膩鵝脂」「膚如凝脂」一般都指豬油。曹雪芹家裏當初似乎烹調常用鵝油，不止「松瓤鵝油捲」這一色點心。《兒女英雄傳》裏聘禮有一隻鵝。佟舅太太認為新郎抱著一隻「噶啊噶」的太滑稽。安老爺分辯說是古禮「奠雁（野鵝）」——當然是上古的男子打獵打了雁來奉獻給女方求婚。看來《紅樓夢》裏的鵝肉鵝油還是古代的遺風。《金瓶》《水滸》裏不吃鵝，想必因為是北方，受歷代入侵的胡人的影響較深，有些漢人的習俗沒有保存下來。江南水鄉養鵝鴨也更多。

西方現在只吃鵝肝香腸，過去餐桌上的鵝比雞鴨還普遍。聖誕大餐的烤鵝，自十九世紀起才上行下效，逐漸為美洲的火雞所取代。

我在中學宿舍裏吃過榨菜鵝蛋花湯，因為鵝蛋大，比較便宜。彷彿有點腥氣，連榨菜的辣都掩蓋不住。在大學宿舍裏又吃過一次蛋粉製的炒蛋，有點像棉絮似的鬆散，而又有點黏搭搭的滯重，此外也並沒有異味。最近讀喬•索倫梯諾（Sorrentino）的自傳，是個紐約貧民區的不良少年改悔讀書，後來做了法官。他在獄中食堂裏吃蛋粉炒蛋，無法下咽，獄卒逼他吃，他嘔吐被毆打。我覺得這精壯小夥子也未免太脾胃薄弱了。我就算是嘴刁了，八九歲有一次吃雞湯，說「有藥味。怪味道。」家裏人都說沒什麼。我母親不放心，叫人去問廚子一聲。廚子說這隻雞是兩三天前買來養在院子裏，看牠垂頭喪氣的彷彿有病，給牠吃了「二天油」，像萬金油玉樹神油一類的油膏。我母親沒說什麼。我把臉埋在飯碗裏扒飯，得意得飄飄欲仙，是有生以來最大的光榮。

小時候在天津常吃鴨舌小蘿蔔湯，學會了咬住鴨舌頭根上的一隻小扁骨頭，往外一抽抽出來，像拔鞋拔。與豆大的鴨腦子比起來，鴨子真是長舌婦，怪不得牠們人矮聲高，「咖咖咖咖」叫得那麼響。湯裏的鴨舌頭淡白色，非常清腴嫩滑。到了上海就沒見過這樣菜。

南來後也沒見過燒鴨湯——買現成的燒鴨煨湯，湯清而鮮美。燒鴨很小，也不知道是乳鴨還是燒烤過程中縮小的，赭黃的皺皮上毛孔放大了，一粒粒雞皮疙瘩突出，成為小方塊圖案。這皮尤其好吃，整個是個洗盡油脂，消瘦淨化的烤鴨。吃鴨子是北邊人在行，北京烤鴨不過是一例。

在北方常吃的還有腰子湯，一副腰子與裏脊肉小蘿蔔同煮。裏脊肉女傭們又稱「腰梅肉」，大概是南京話，我一直不懂為什麼叫「腰梅肉」，又不是霉干菜燉肉。多年後才恍然，悟出是「腰眉肉」。腰上兩邊，打傷了最致命的一小塊地方叫腰眼。腰眼上面一寸左右就是「腰眉」了。真是語言上的神來之筆。

我進中學前，有一次鋼琴教師在她家裏開音樂會，都是她的學生演奏，七大八小，如介紹我去的我的一個表姑，不是老小姐也已經是半老小姐，彈得也夠資格自租會堂表演，上報揚名了。交給我彈的一支，拍子又慢，又沒有曲調可言，又不踩腳踏，顯得稚氣，音符字字分明的四平調，非常不討好。彈完了沒什麼人拍手，但是我看見那白俄女教師略點了點頭，才放了心。散了會她招待吃點心，一溜低矮的小方桌拼在一起，各自罩上不同的白桌布，盤碟也都是雜湊的，有些茶杯的碟子，上面擺的全是各種小包子，彷彿有蒸有煎有氽有烤，五花八門也不好意思細看。她拉著我過去的時候，也許我緊張過度之後感到委屈，犯起彆扭勁來，走過每一碟都笑笑說：「不吃了，謝謝。」她呻吟著睜大了藍眼睛表示駭異與失望，一個金髮的環肥徐娘，幾乎完全不會說英語，像默片女演員一樣用誇張的表情來補助。

幾年後我看魯迅譯的果戈爾的《死魂靈》，書中大量收購已死農奴名額的騙子，走遍舊俄，到處受士紳招待，吃當地特產的各種魚餡包子。我看了直踢自己。魯迅譯的一篇一九二六年的短篇小說《包子》，寫俄國革命後一個破落戶小姐在宴會中一面賣弄風情說著應酬話，一面猛吃包子。近年來到蘇聯去的遊客，吃的都是例有的香腸魚子醬等，正餐似也沒有什麼特色。蘇俄樣樣缺貨，人到處奔走「覓食」排班，不見得有這閒心去做這些費工夫的麵食了。

離我學校不遠，兆豐公園對過有一家俄國麵包店老大昌（Tchakalian），各色小麵包中有一種特別小些，半球形，上面略有點酥皮，下面底上嵌著一隻半寸寬的十字托子，這十字大概麵和得較硬，裏面攙了點乳酪，微鹹，與不大甜的麵包同吃，微妙可口。在美國聽見「熱十字小麵包」（hot cross bun）這名詞，還以為也許就是這種十字麵包。後來見到了，原來就是粗糙的小圓麵包上用白糖劃了個細小的十字，即使初出爐也不是香餑餑。

老大昌還有一種肉餡煎餅叫匹若嘰（pierogie），老金黃色，疲軟作布袋形。我因為是油煎的不易消化沒買。多年後在日本到一家土耳其人家吃飯，倒吃到他們自製的匹若嘰，非常好。土耳其在東羅馬時代與俄國同屬希臘正教，本來文化上有千絲萬縷的關係。

六〇年間回香港，忽然在一條僻靜的橫街上看見一個招牌上赫然大書Tchakalian，沒有中文店名。我驚喜交集，走過去卻見西晒的櫥窗裏空空如也，當然太熱了不能擱東西，但是裏面的玻璃櫃台裏也只有寥寥幾隻兩頭尖的麵包與扁圓的俄國黑麵包。店夥與從前的老大昌一樣，都是本地華人。我買了一隻俄國黑麵包，至少是他們自己的東西，總錯不了。回去發現陳得其硬如鐵，像塊大圓石頭，切都切不動，使我想起《笑林廣記》裏（是煮石療飢的苦行僧？）「燒也燒不爛，煮也煮不爛，急得小和尚一頭汗。」好容易剖開了，裏面有一根五六寸長的淡黃色直頭髮，顯然是一名青壯年斯拉夫男子手製，驗明正身無誤，不過已經橘踰淮而為枳了。

香港中環近天星碼頭有一家青鳥咖啡館，我進大學的時候每次上城都去買半打「司空」

（scone），一種三角形小扁麵包──源出中期英語schoon brot，第二字略去，意即精緻的麵包。司空也是蘇格蘭的一個地名，不知道是否因這土特產而得名。蘇格蘭國王加冕都坐在「司空之石」上，現在這塊石頭搬到威士敏寺，放在英王加冕的座椅下。蘇格蘭出威士忌酒，也是飲食上有天才的民族。他們有一樣菜傳為笑柄，haggis，羊肚裏煮切碎的羊心肝與羊油麥片，但是那也許是因為西方對於吃內臟有偏見。利用羊肚作為天然盅，在貧瘠寒冷多山的島國，該是一味經濟實惠的好菜。不知道比竇娥的羊肚湯如何？

這「司空」的確名下無虛，比蛋糕都細潤，麵粉顆粒小些，吃著更「麵」些，但是輕清而不甜膩。美國就買不到。上次回香港去，還好，青鳥咖啡館還在，那低矮的小樓房倒沒拆建大廈。一進門也還是那熟悉的半環形玻璃櫃台，但是沒有「司空」。我還不死心，又上樓去。樓上沒去過，原來地方很大，整個樓面一大統間，黑洞洞的許多卡位，正是下午茶上座的時候。也並不是黑燈咖啡廳，不過老洋房光線不足，白天也沒點燈。樓梯口有個小玻璃櫃台，裏面全是像蠟製的小蛋糕。半黑暗中人聲嘈嘈，都是上海人在談生意。雖然鄉音盈耳，我頓時皇皇如喪家之犬，假裝找人匆匆掃視了一下，趕緊下樓去了。

香港買不到「司空」，顯示英國的影響的消退。但是我寓所附近路口的一家小雜貨店倒有「黛文郡（Devonshire）奶油」，英國西南部特產，厚得成為一團團，不能倒，用茶匙舀了加在咖啡裏，連咖啡粉沖的都成了名牌咖啡了。

美國沒有「司空」，但是有「英國麥分（muffin）」，東部的較好，式樣與味道都有點像酒釀餅，不過切成兩片抹黃油。——酒釀餅有的有豆沙餡，酒釀的原味全失了。——英國文學作品裏常見下午茶吃麥分，氣候寒冷多雨，在壁爐邊吃黃油滴滴的熱麥分，是雨天下午的一種享受。

有一次在多倫多街上看櫥窗，忽然看見久違了的香腸捲——其實並沒有香腸，不過是一隻酥皮小筒塞肉——不禁想起小時候我父親帶我到飛達咖啡館去買小蛋糕，叫我自己挑揀，他自己總是買香腸捲。一時懷舊起來，買了四隻，油漬浸透了的小紙袋放在海關櫃台上，關員一臉不願意的神氣，尤其因為我別的什麼都沒買，無稅可納。美國就沒有香腸捲，加拿大到底是英屬聯邦，不過手藝比不上從前上海飛達咖啡館的名廚。我在飛機上不便拿出來吃，回到美國一嚐，油又大，又太辛辣，哪是我偶而吃我父親一隻的香腸捲。

在上海我們家隔壁就是戰時天津新搬來的起士林咖啡館，每天黎明製麵包，拉起嗅覺的警報，一股噴香的浩然之氣破空而來，有長風萬里之勢，而又是最軟性的鬧鐘，無如鬧得不是時候，白吵醒了人，像惱人春色一樣使人沒奈何。有了這位「芳」鄰，實在是一種騷擾。

只有他家有一種方角德國麵包，外皮相當厚而脆，中心微濕，是普通麵包中的極品，與美國加了防腐劑的軟綿綿的枕頭麵包不可同日而語。我姑姑說可以不抹黃油，白吃。美國常見的只有一種德國黑麵包還好（Westphalianrye），也是方形，特別沉重，一磅只有三四寸長。不知道可是因為太小，看上去不實惠，銷路不暢，也許沒加防腐劑，又預先切薄片，幾乎永遠乾硬。

中國菜以前只有素齋加味精，現在較普遍，為了取巧。前一向美國在查唐人街餐館用的味精過多，於人體有害。他們自己最暢銷的罐頭湯裏的味精大概也不少，吃了使人口乾，像輕性中毒。美國罐頭湯還有麵條是藥中甘草，幾乎什麼湯裏都少不了它，等於吃麵。我剛巧最不愛吃湯麵，認為「寬湯窄麵」最好窄到沒有，只剩一點麵味，使湯較清而厚。離開大陸前，因為想寫的一篇小說裏有西湖，我還是小時候去過，需要再去看看，就加入了中國旅行社辦的觀光團，由旅行社代辦路條，免得自己去申請。在杭州導遊安排大家到樓外樓去吃螃蟹麵。

當時這家老牌飯館子還沒像上海的餐館「面向大眾」，菜價抑低而偷工減料變了質。他家的螃蟹麵的確是美味，但是我也還是吃掉澆頭，把湯逼乾了就放下筷子，自己也覺得在大陸的情形下還這樣暴殄天物，有點造孽。桌上有人看了我一眼，我頭皮一凜，心裏想幸而是臨時性的團體，如果走不成，不怕將來被清算的時候翻舊賬。

出來之後到日本去，貨輪上二等艙除了我只有一個上海裁縫，最典型的一種，上海本地人，毛髮濃重的貓臉，文弱的中等身材，中年，穿著灰撲撲的呢子長袍。在甲板上遇見了，我上前點頭招呼，問知他在東京開店，經常到香港採辦衣料。他陰惻惻的，忽然一笑，像隻剛吞下個金絲雀的貓，說：

「我總是等這隻船。」

這家船公司有幾隻小貨輪跑這條航線，這隻最小，載客更少，所以不另開飯，頭等就跟船長一桌吃，二等就跟船員一桌，一日三餐都是闊米粉麵條炒青菜肉片，比普通炒麵乾爽，不油膩。菜與肉雖少，都很新鮮。二等的廚子顯然不會做第二樣菜，十天的航程裏連吃了十天，也吃不厭。三四個船員從泰國經香港赴日，還不止十天，看來也並沒吃倒胃口。多年後我才看到「炒米粉」「炒河粉」的名詞，也不知道那是否就是，也從來沒去打聽，也是因為可吃之物甚多。

那在美國呢？除非自己會做菜，再不然就是同化了，漢堡熱狗圈餅甘之如飴？那是他們自己稱為junk food（廢料食品）的。漢堡我也愛吃，不過那肉餅大部份是吸收了肥油的麵包屑，有害無益，所以總等幾時路過荒村野店再吃，無可選擇，可以不用怪自己。

西方都是「大塊吃肉」，不像我們切肉絲肉片可以按照絲縷順逆，免得肉老。他們雖然用特製的鐵鎚槌打，也有「柔嫩劑」，用一種熱帶的瓜菓製成，但是有點辛辣，與牛排豬排烤牛肉燉牛肉的質樸的風味不合。中世紀以來都是靠吊掛，把野味與宰了的牲口高掛許多天，開始腐爛，自然肉嫩了。所以high（高）的一義是「臭」，gamey（像野味）也是「臭」。二〇年間有的女留學生進過烹飪學校，下過他們的廚房，見到西餐的幕後的，皺著眉說：「他們的肉真不新鮮。」直到現在，名小說家詹姆斯・密契納的西班牙遊記《Iberia》還記載一個遊客在餐館裏點了一道斑鳩，嫌腐臭，一戳骨架子上的肉片片自落，叫侍者拿走，說：「爛得可以不用烹調了。」

但是在充分現代化的國家，冷藏系統普遍，講究新鮮衛生，要肉嫩，唯一的辦法是烹調得不太熟——生肉是柔軟的。照理牛排應當裏面微紅，但是火候扣不準，而許生不許熟，往往在盤中一刀下去就流出血水來，使我們覺得他們茹毛飲血。

美國近年來肥肉沒銷路，農人要豬多長瘦肉，訓練豬隻站著吃飼料，好讓腰腿上肌肉發達，其堅韌可想而知。以前最嫩的牛肉都是所謂「大理石式」（marbled），瘦中稍微帶點肥，像雲母石的圖案。現在要淨瘦，自然更老了，上桌也得更夾生，不然嚼不動。

近年來西餐水準的低落，當然最大的原因是減肥防心臟病。本來的傳統是大塊吃肉，特長之一又是各種濃厚的澆汁，都是胆固醇特高的。這一來章法大亂，難怪退化了。再加上其他官能上的享受的競爭，大至性氾濫，小至滑翔與弄潮板的流行，至不濟也還有電視可看。

幾盒電視餐，或是一隻意大利餅，一家人就對付了一頓。時髦人則是生胡蘿蔔汁，帶餿味的酸酪（yogurt）。尼克森總統在位時自詡注重健康，吃番茄醬拌cottage cheese，橡皮味的脫脂牛奶渣。

五〇中葉我剛到紐約的時候，有個海斯康（Hascom）西點店，大概是丹麥人開的，有一種酥皮特大小蛋糕叫「拿破崙」，間隔著夾一層菓醬，一層奶油，也不知道是拿破崙愛吃的，還是他的宮廷裏興出來的。他的第二任皇后瑪麗露薏絲是奧國公主，奧京維也納以奶油酥皮點心聞名。海斯康是連鎖商店，到底不及過去上海的飛達起士林。飛達獨有的拿手的是栗子粉蛋糕與「乳酪稻草」——半螺旋形的鹹酥皮小條。去年《新聞週刊》上有篇書評，盛讚有個夫婦倆合著的一本書，書中發掘美國較偏僻的公路上的餐館，據說常有好的，在有一家吃到「乳酪稻草」。書評特別提起，可知罕見。我在波士頓與巴爾的摩吃過兩家不重裝潢的老餐館，也比紐約有些做出牌子的法國菜館好。巴爾的摩是溫莎公爵夫人的故鄉，與波士頓都算是古城了。兩家生意都清，有一家不久就關門了。我來美不到一年，海斯康連鎖西點店也關門了。奶油本來是減肥大忌。當時的雞尾酒會裏也有人吃生胡蘿蔔片下酒。

最近路易西安那州有個小城居民集體忌嘴一年，州長頒給四萬美元獎金，作為一項實驗，要減低心臟病高血壓糖尿病的死亡率。當地有人說笑話，說有一條定律：「如果好吃，就吐掉它。」

現在吃得壞到食品招牌紙上最走紅的一個字是old-fashioned（舊式）。反正從前的總比現在好。新出品「舊式」花生醬沒加固定劑，沉澱下來結成餅，上面汪著油，要使勁攪勻，但是較有花生香味。可惜曇花一現，已經停製了，當然是因為顧客嫌費事。前兩年聽說美國食品藥物管理處公佈，花生醬多吃致癌。花生本身是無害的，總是附加的防腐劑或是固定劑致癌。舊式花生醬沒有固定劑，而且招牌紙上叫人擱在冰箱裏，可見也沒有防腐劑。就為了懶得攪一下，甘冒癌症的危險，也真夠懶的。

美國人在吃上的自卑心理，也表現在崇外上，尤其是沒受美國影響的外國，如東歐國家。吃在西歐已經或多或少的美國化了，連巴黎都興吃漢堡與炸雞等各種速食。前一向NBC電視洛杉磯本地新聞節目上破例介紹一家波蘭餐館，新從華沙搬來的老店，老闆娘親自掌廚。一男一女兩個報告員一吹一唱好幾分鐘，也並不是代做廣告，電視上不允許的，看來是由衷的義務宣傳。

此地附近有個羅馬尼亞超級市場，畢竟鐵幕後的小國風氣閉塞，還保存了一些生活上的傳統，光是自製的麵包就比市上的好。他們自製的西點卻不敢恭維，有一種油炸蜜浸的小棒棒，形狀像有直棱的古希臘石柱，也一樣堅硬。我不禁想起羅馬尼亞人是羅馬駐防軍與土著婦女的後裔，因此得名。不知道這些甜食裏有沒有羅馬人吃的，還是都來自回教世界？巴爾幹半島在土耳其統治下吸收了中東色彩，糕餅大都香料太重，連上面的核桃都香得辛辣，又太甜。在柏克萊，附近街口有一家伊朗店，號稱「天下第一酥皮點心」。我買了一塊夾蜜的千層糕試試，奇甜。自從伊朗劫持人質事件，美國的伊朗菜館都改名「中東菜館」，此地附近有一家「波斯菜館」倒沒改，大概因為此間大都不知道波斯就是伊朗。

這羅馬尼亞店還有冷凍的西伯利亞餛飩，叫「佩爾米尼」，沒荷葉邊、扁圓形，只有棋子大，皮薄，牛肉餡，很好吃，而且不像此地的中國餛飩擱味精。西伯利亞本來與滿蒙接壤。西伯利亞的愛斯基摩人往東遷移到加拿大格陵蘭。本世紀初，照片上的格陵蘭愛斯基摩女人還梳著漢朝陶俑的髮髻，直豎在頭頂，中國人看著實在眼熟。

這家超級市場兼售熟食，標明南斯拉夫羅馬尼亞德國意大利火腿，阿米尼亞（近代分屬蘇俄伊朗土耳其）香腸等等，還有些沒有英譯名的蒜椒燻肉等。羅馬尼亞火腿唯一的好處在淡，顏色也淡得像白切肉。德國的「黑樹林火腿」深紅色，比此間一般的與丹麥罐頭火腿都香。但是顯然西方始終沒解決肥火腿的問題，只靠切得飛薄，切斷肥肉的纖維，但也還是往往要吐渣子。哪像中國肥火腿切丁，蒸得像暗黃色水晶一樣透，而仍舊有勁道，並不入口即融，也許是火腿最重要的一部份，而不是贅瘤。——華府東南城離國會圖書館不遠有個「農民市場」，什麼都比別處好，例如鄉下自製的「浴盆（tub）黃油」。有切厚片的醃豬肉（bacon），倒有點像中國火腿。

羅馬尼亞店的德國香腸太酸，使我想起買過一瓶波蘭小香腸，浸在醋裏，要在自來水龍頭下沖洗過才能吃，也還是奇酸。德國與波蘭本來是鄰邦。又使我想起余光中先生〈北歐行〉一文中，都塞道夫一家餐館的奇酸的魚片。最具代表性的德國菜又是sauerkraut（酸捲心菜），以至於Kraut一字成為德國人的代名詞，雖然是輕侮的，有時候也作為暱稱，影星瑪琳黛德麗原籍德國，她有些朋友與影評家就叫她the Kraut。

中國人出國旅行，一下飛機就直奔中國飯館，固然是一項損失，有些較冷門的外國菜也是需要稍具戒心，大致可以概括如下：酸德國波蘭、甜猶太——猶太教領聖餐喝的酒甜得像糖漿，市上的摩根．大衛牌葡萄酒也一樣，kosher（合教規的食品）雞肝泥都擱不少糖，但是我也在康橋買到以色列製的苦巧克力——當然也並不苦，不過不大甜；辣回回，包括印尼馬來西亞，以及東歐的土耳其帝國舊屬地。印度與巴基斯坦本是一體，所以也在內，雖然不信回教。藍色的多瑙河一流進匈牙利，兩岸的農夫吃午餐，都是一隻黑麵包，一小鍋辣煨蔬菜。匈牙利名菜「古拉矢」（goulash）——蔬菜燉牛肉小牛肉——就辣。埃及的「國菜」是辣煨黃豆，有時候打一隻雞蛋在上面，做為營養早餐。觀光旅館概不供應。

西班牙被北非的回教徒摩爾人征服過，墨西哥又被西班牙征服過，就都愛吃辣椒。中世紀法國南部受西班牙的摩爾人的影響很大。當地的名菜，海鮮居多，大都擱辣椒粉辣椒汁。

辣味固然開胃，嗜辣恐怕還是an educated taste（教練出來的口味）。在回教發源地沙烏地阿拉伯，沙漠裏日夜氣溫相差極大，白天酷熱，人民畜牧為生，逐水草而居，沒有地窖可以冷藏食物。辣的香料不但防腐，有點氣味也遮蓋過去了。非洲腹地的菜也離不了辣椒，是熱帶的氣候關係，還是受北非東非西非的回教徒影響，就不得而知了。

這爿羅馬尼亞店裏有些罐頭上只有俄文似的文字，想必是羅馬尼亞文了，巴爾幹半島都是南方的斯拉夫人。有一種罐頭上畫了一隻彎彎的紫茄子。美國的大肚茄子永遠心裏爛，所以我買了一聽罐頭茄子試試，可不便宜——難道是茄子塞肉？原來是茄子泥，用豆油或是菜籽油，氣味強烈沖鼻。裏面的小黑點是一種香料種子。瓜菜全都剁成醬，也跟印度相同。

猶太麵包「瑪擦」（matso）像蘇打餅乾而且較有韌性，夾鯽魚（herring）與未熟乳酪（cream cheese）做三明治，外教人也視為美食。沒有「瑪擦」，就用普通麵包也不錯。不過這罐頭魚要滴上幾滴檸檬與瓶裝蒜液（liquidgarlic）去腥氣——担保不必用除臭劑漱口，美國的蒜沒蒜味。我也聽見美國人說過，當然是與歐洲的蒜相對而言；即使到過中國，在一般的筵席上也吃不到。

阿拉伯麵包這爿店就有，也是回教的影響。一疊薄餅裝在玻璃紙袋裏，一張張餅上滿佈著燒焦的小黑點，活像中國北邊的烙餅。在最高溫的烤箱熄火後急烤兩分鐘，味道也像烙餅，可以捲炒蛋與豆芽菜炒肉絲吃——如果有的話。豆芽菜要到唐人街去買。多數超級市場有售的「冷凍炒麵」其實就是豆芽菜燒荸薺片，沒有麵條，不過豆芽菜根本沒摘淨，像有刺。

我在三藩市的時候，住得離唐人街不遠，有時候散散步就去買點發酸的老豆腐——嫩豆腐沒有。有一天看到店鋪外陳列的大把紫紅色的莧菜，不禁怦然心動，但是炒莧菜沒蒜，不值得一炒。此地的蒜乾癟癟癟，又沒蒜味。在上海我跟我母親住的一個時期，每天到對街我舅舅家去吃飯，帶一碗菜去。莧菜上市的季節，我總是捧著一碗烏油油紫紅夾墨綠絲的莧菜，裏面一顆顆肥白的蒜瓣染成淺粉紅。在天光下過街，像捧著一盆常見的不知名的西洋盆栽，小粉紅花，斑斑點點暗紅苔綠相同的鋸齒邊大尖葉子，朱翠離披，不過這花不香，沒有熱呼呼的莧菜香。

日本料理不算好，但是他們有些原料很講究，例如米飯，又如豆腐。在三藩市的一個日本飯館裏，我看見一碟潔白平正的豆腐，約有五寸長三寸寬，就像是生豆腐，又沒有火鍋可投入。我用湯匙舀了一角，就這麼吃了。如果是鹽開水燙過的，也還是淡。但是有清新的氣息，比嫩豆腐又厚實些。結果一整塊都是我一個人吃了。想問女侍他們的豆腐是在哪買的，想著我不會特別到日人街去買，也就算了。

在三藩市的意大利區，朋友帶著去買過一盒菜肉餡意大利餃，是一條冷靜的住家的街，灰白色洋灰殼的三四層樓房子，而是一爿店，就叫Ravioli Factory（「意大利餃廠」）。附有小紙杯澆汁，但是我下在鍋裏煮了一滾就吃，不加澆汁再烤。菜色青翠，清香撲鼻，活像薺菜餃子，不過小巧些。八九年後再到三藩市，那地址本就十分模糊，電話簿上也查不到，也許關門了。

美國南方名點山核桃批（pecan pie）是用豬油做的，所以味道像棗糕，蒸熟烤熟了更像。棗糕從前我們家有個老媽媽會做。三〇年間上海開過一家「仿（御）膳」的餐館，有小窩窩頭與棗糕，不過棗糕的模子小些，因此核桃餡太少，麵粉裏和的棗泥也不夠多，太板了些。

現代所有繁榮的地區都生活水準普遍提高，勞動減少，吃得太富營養，一過三十歲就有中風的危險。中國的素菜小葷本來是最理想的答覆。我覺得發明炒菜是人類進化史上的一個小小里程碑。幾乎只要到菜場去拾點斷爛菜葉邊皮，回來大火一煸，就能化腐朽為神奇。不過我就連會做的兩樣最簡單的菜也沒準，常白糟蹋東西又白費工夫，一不留神也會油鍋起火，洗油鍋的去垢棉又最傷手，索性洗手不幹了。已經患「去垢粉液手」（detergent hands），連指紋都沒有了，倒像是找醫生消滅掉指紋的積犯。

有個美國醫生勸我吃魚片火鍋，他們自己家裏也吃，而且不用火鍋也行。但是普通超級市場根本沒有生魚，火鍋裏可用的新鮮蔬菜也只有做沙拉的生菜，極少營養價值。深綠色的菜葉如菠菜都是冷凍的。像他當然是開車上唐人街買青菜。大白菜就沒有葉綠素。

人懶，一不跑唐人街，二不去特大的超級市場，就是街口兩家，也難得買熟食，不吃三明治就都太鹹；三不靠港台親友寄糧包——親友自也是一丘之貉，懶得跑郵局，我也懶得在信上詳細叮囑，寄來也不合用，寧可湊合著。

久已有學者專家預期世界人口膨脹到一個地步，會鬧嚴重的糧荒，在試驗較經濟的新食物，如海藻蚯蚓。但是就連魚粉，迄今也只餵雞。近年來幾次大災荒，救濟物資裏也沒有魚粉蛋粉，也許是怕挨罵，說不拿人當人，飼雞的給人吃。海藻只有日本味噌湯中是舊有的。中國菜的海帶全靠同鍋的一點肉味，海帶本身滑塌塌沉甸甸的，毫無植物的清氣，我認為是失敗的。

我母親從前有親戚帶蛤蟆酥給她，總是非常高興。那是一種半空心的脆餅，微甜，差不多有巴掌大，狀近肥短的梯形，上面芝蔴撒在苔綠地子上，綠陰陰的正是一隻青蛙的印象派畫像。那綠絨倒就是海藻粉。想必總是沿海省分的土產，也沒有包裝，拿了來裝在空餅乾筒裏。我從來沒在別處聽見說過這樣東西。過去民生艱苦，無法大魚大肉，獨多這種胆固醇低的精巧的食品，湮滅了實在太可惜。尤其現在心臟病成了國際第一殺手，是比糧荒更迫切的危機。

無疑的，豆製品是未來之潮。黃豆是最無害的蛋白質。就連瘦肉裏面也有所謂「隱藏的脂肪」（hidden fat）。魚也有肥魚瘦魚之別。

前兩年有個營養學家說：「雞蛋唯一的功用是孵成雞。」他的同行有的視為過激之論，但是許多醫生都對雞蛋採配給制，一兩天或一兩個星期一隻不等。真是有心臟病高血壓，那就只好吃隻大鴨蛋了。中外一致認為最滋補壯陽的生雞蛋更含有毒素。

有人提倡漢堡裏多摻黃豆泥，沾上牛肉味，吃不出分別來。就恐怕肉太少了不夠味，多了，牛肉是肉類中胆固醇最高的。電視廣告上常見的「漢堡助手」，我沒見過盒面上列舉的成分，不知道有沒有豆泥，還是仍舊是麵包屑。只看見超級市場有煎了吃的素臘腸，想必因為臘腸香料重，比較容易混得過去。

美國現在流行素食，固然是胆固醇恐慌引起的「恐肉症」，認為吃素比肉食健康，一方面也是許多青年對禪宗有興趣，佛教戒殺生，所以他們也對「吃動物的屍體」感到憎怖。中國人常常嘲笑我們的吃素人念念不忘葷腥；素雞素鵝素鴨素蛋素火腿層出不窮，不但求形式，還求味似。也是靠材料豐富，有多樣性，光是乾燥的豆腐就有豆腐皮豆腐干，腐竹百葉，大小油豆腐——小球與較鬆軟吸水的三角形大喇叭管——質地性能各各不同。在豆製品上，中國是唯一的先進國。只要有興趣，一定是中國人第一個發明味道可以亂真的素漢堡。譬如豆腐渣，澆上吃剩的紅燒肉湯汁一炒，就是一碗好菜，可見它吸收肉味之敏感；纍纍結成細小的一球球，也比豆泥像碎肉。少摻上一點牛肉，至少是「花素漢堡」。

・初載於一九八〇年七月三十一日《聯合報》副刊。

對現代中文的一點小意見

這題目看了嚇人一跳，需要趕緊聲明，「小意見」並不是自謙的「人微言輕」的話，而實在是極細微不足道的，自己也覺得小題大做，因而一直想寫都沒寫。但也不都是雞毛蒜皮。小魚刺與細碎的雞骨頭最容易卡喉嚨，甚至於可以致命。

有些新俗字，例如「噘著嘴」的「噘」字。原有的「撅」現在只適用於「撅著屁股」，再不然就是用作名詞，「一撅」比「一段」較短，如「一撅屎」。除了這兩個不雅的例子之外，用作動詞還有「撅斷了」。此外實在想不起「撅」字還有什麼用處。最常用的還是「撅著嘴」。

同樣的，「釘眼看」的「釘」字改為「盯」。「麼」現在大都寫作「嚒」，因為是語助詞，所以與「吧」「呢」「嗎」「嘛」一樣從「口」。原有的「麼」限用在「什麼」「這麼」「那麼」上。

分工越分越細，又添了個「煖」字，專用在火爐火炕上，有別於陽光的溫「暖」。「暖氣開放」是熱水汀，總算還沒寫作「湲氣」。將來利用地熱取暖，想必應作「取煖」——地熱與火山同源。以此類推，「人情的溫暖」遲早會成為「人情的溫僾」。

「決不答應」、「決不屈服」現在通用「絕不答應」、「絕不屈服」。這是與日譯英文名詞「絕對」混淆了，誤以為是簡稱「絕對」為「絕」。「決不」是「決計不」，與「絕對不」意義不同。

「絕妙」「絕色」的「絕」字跟「絕子絕孫」一樣，都是指斷絕——無後繼者，也就是誰都趕不上。「絕無僅有」的「絕」字也作斷絕解。「絕無」就是以下沒有了，也就是此外沒有了——除了「僅有」的這一個。

舊小說裏的白話有「斷不肯」、「斷不會」，但是並沒有「絕不肯」、「絕不會」。「斷不」也就是「斷然不」，與「決不」同是「決計不」，與「絕不」無干。「絕不」來自新名詞「絕對不」，而取代了「決不」，「絕」成了「決」的別字。——我自己也不是不寫別字，還說人家。《張看》最後一篇末句「蝨子」誤作「蚤子」，承水晶先生來信指出，非常感謝，等這本書以後如果再版再改正。這篇是多年前的舊稿，收入集子時重看一遍，看到這裏也有點疑惑，心裏想是不是鼓上蚤時遷。

現在通稱額為「前額」，彷彿還有個「後額」，不知道長在哪裏。英文「額」字forehead拆字為fore-head（前—頭，即頭的前部），想必有人誤譯為「前額」，從此沿用，甚至有作家稱胸為「前胸」。

稱「自從」為「打從」，也是纏夾，不過與外來的名詞無關，而是國語初普及時的錯誤。北邊話稱「從」為「打」，「從打」似乎是侉話，限指時間，而語氣加重。大概是二〇年代上海的鴛蝴派作家周瘦鵑等這些「吳門才子」與「江都李涵秋」等用白話寫作，誤「從打」為「打從」。至今有人沿用，是近代白話中一個獨特的例子，既不是新名詞或文言，也不是任何方言，毫無語文上的根據。

最初提倡白話的時候，第三人稱只有一個「他」。創造「她」字該是為了翻譯上實際的需要，否則有時候無法譯。西方各國「他」「她」二字不同音，無論在對白或敘事中，一聽、一望而知是指誰。都譯為「他」，會使人如墜五里霧中。此後更進一步，又造了個「妳」字，只有少數人採用，近二十年來才流行。偶有男女大段對白，而不說明是誰說什麼，男方口中的「妳」可以藉此認出發言人是誰，聯帶的上下幾次的人都清楚了。不過難得遇到這種場面，而「你」字又常誤植為「妳」，更把人鬧糊塗了。——「妳」字倒從來不誤作「你」。顯然排字工人偏愛「妳」字，也許因為這職業為男性壟斷，異性相吸。但是女人似乎也喜歡「妳」字，幾乎稱她「你」就帶侮辱性，彷彿她不夠女性化。大有不稱「妳」就得稱「您」之勢。

美國新女權運動的一個笑話，是把「且門」（主席）改為「且泊森」，「賽爾斯門」（推銷員或店員）改為「賽爾斯泊森」，因為「門」的意義是「男子」，難道女主席女店員就不算？「泊森」是無性別的「人」。——其實「門」的另一義也是「人」，兩性都在內。——與「你」剛巧相反，一個是要把女人包括進去，一個是要把女人分出來——男女有別。中國人之間的女權論者也很活躍，倒沒有人反對「妳」字。

最近在美國電視新聞上聽見有個女人，姓什麼「門」沒聽清楚——姓什麼「門」什麼「門」的極普通，因為西方中世紀以來大都以行業為姓氏，例如卡特總統的「卡特」是趕車的，前國務卿魯斯克的祖先想必是一種餅乾師——「魯斯克」是薄片烤麵包製成的餅乾，我小時候一生病就吃它，很難下咽。「××門」就是「××人」，如討海人。也有彷彿是以一件事迹得名，如杜魯門（忠誠的人）。假定她是姓杜魯門，她要求登記改姓「杜魯泊森」。法官認為理由不成立，但是法定任何人都有改名換姓的權利，因此仍予照准。

新女權運動要求一切職業開放，例如酒保，牧師神甫，警政。中西部有個小城市響應婦運，有個少婦競選警長當選，在強尼卡生的電視夜談會上出現，雄赳赳氣昂昂，穿制服裙，身長六呎開外，體重近三百磅，看不出才二十四歲，有一個三歲的男孩。她敘述有一次酒排打群架，她趕到現場，大家一看都嗤笑，還有人尊聲「警長」，跟她耍嘴皮子。被這胖大婆娘一屁股坐在他們身上，坐鎮兩方鬥士，差點都成了死士。但是換了同等身量的男子，凶神鐵塔似的，那就不必等交手方知厲害。所以警察限定身長要合格，有人抗議，警方曾經解釋過，就是為了儘可能不動武而懾服人。否則「矮腳虎」儘多，大個子也說不定虛有其表，而並不是歧視較矮的人。同樣的，女警佔極少數也不是歧視女性。用年青貌美的女警巡查歹區，再武藝高強也難免惹出事故來。在女權運動的壓力下多錄用女警，其實是浪費民眾的血汗錢。

新女權運動最切合實際的一項，是「同一職位，同等薪水」的口號。一向男子薪給較高，資方的理由是男人需要養家，職業婦女大都沒有家庭負担。

權利義務應當均等，有謀生能力的女人，離婚漸有拿不到贍養費的趨勢。男人除了養家，還要服兵役，保家衛國。這倒不成問題，女子正在爭取參軍。

美國新招收的女兵雖然與男子一同排隊操練，是否能上陣打仗，最近《美國新聞與世界報導》雜誌（二月十三日的一期）邀請兩位女將辯論，是陸軍空軍附屬婦女部隊的中將少將，都已退休。贊成的理由是現代軍隊機械化，不全靠體力。除了步兵，各兵種都可以用婦女作戰。二次大戰中，蘇俄就曾經大量用女兵作戰，空戰也有女飛行員。美國廢除徵兵制後，亟需擴充兵源，否則達不到「全部志願軍」的目標。

反對的認為女人最大的職責還是做母親，一般也無法想像作戰的恐怖殘酷。其實女人吃苦耐勞未必輸於男子。唯其因為戰爭的恐怖殘酷出常人意想之外，不分担是不公平的，如果他方面平等。此外舉出的理由還有：火線上的高壓下，暫時神經失常的士兵可能強姦並肩作戰的女兵。現在美國是「神經病夫」國，精神病患奇多，這倒不是過慮。至少女兵做了戰俘會遭強暴，更不在話下。

已故名專欄政論家司徒・亞爾索普（Alsop）常担憂美軍現在公文浩繁，管文書的太多，戰鬥士兵太少。真打起仗來，文案毫無用處，是軍隊的soft underbelly——直譯為「柔軟的下腹」，指四腳獸的腹部，因為隱蔽，不必像「銅頭鐵背」一樣禁得起打擊。今後如果招了許多女兵，都是不作戰的，勢必更添設文案工作來安插娘子軍。「柔軟的下腹」更加膨脹，成為自由世界的一個隱憂。

這並不是否定新女權運動。過去的婦女運動似乎還是在中國扎根較深。五〇年間，多數美國少女的理想是早婚多產。婦女沒有獨立的人格，賒賬就醫，賬單都是寄給她們的丈夫，越是高級服飾公司，走紅的醫生，越是堅持這一點——次一等的大概收得到賬就算好的了，不大管這些。六〇年間女子大學的職工開始搞婦運，學校當局也還是極度的新賢妻良母主義。這是當時的風尚，正如現在的女權運動也是一時時尚，而像時裝，必須走極端，不免有荒謬可笑的成份，並不影響婦運的主旨。

顯然男女有別，生理上心理上，而且正如法國人的一句名言：「有別萬歲！（Vive le différence!）」但是各人資產性情傾向不同，分別也大。「十步之內，必有芳草」，埋沒了多少女人，可以對社會有貢獻的。多一分強調性別，就是少一分共同的人性。現在的區別很夠了，大可不必再在形式上加以區別，如我國文字獨有的「你」字。

我出全集的時候，只有兩本新書自己校了一遍，發現「你」字代改「妳」，都給一一還原，又要求其餘的幾本都請代改回來。出版後也沒看過。夏志清先生有一次信上告訴我還是都是「妳」，我自嘆「依然故妳」。

當初為了翻譯的需要，造了中性的「它」字，又有人索性多造了個「牠」字。結果還是動物與無機體，抽象事物統稱「它」。但是近來「牠」又復活了，又再添了個「祂」。英文稱上帝為「他」的時候用大寫。常有時候說某人口中的某些名詞都是大寫的，指一種肅然的，彷彿是天經地義的口吻。大寫的「他」字想必也是著重而緩慢，深沉得有回聲的牧師腔。中文沒有大寫，「祂」字倒也用得著，就基督教來說。對於中國神道就不適用，因為沒有專一的傳統，提起來不是這口吻。關老爺可能是「他老人家」，不是「祂」。「祂」字用途太偏狹，實在多餘。

中文沒有人地名大寫，所以初採用新式標點的時候，人地名左側加「——」。但是並沒普及，隨即廢除，大概因為張國華李秀貞蘇州杭州不但多餘，有點傻頭傻腦。但是在世界日益縮小的現代，遇到生疏的外國人地名，不加標誌，就與上下文連在一起，一片模糊。——元史之難，如果這不是主因，也至少是原因之一：滿紙赤溫不花之類的人名，看得人頭暈眼花。報端常見的內羅畢，內華達，已經譯得非常技巧，「內」字如同內蒙古，內湖，一望而知是地名。但是不免使人疑惑，是否還有外羅畢，外華達。

如果有人地名符號，不靠「內」字點出是地名，那就可以譯為耐羅畢，涅華達，不會害人瞎猜「內」字是意譯還是音譯了。翻譯要貼切而又像中文，使人看得進去，已經夠難的，還要給它難上加難——去除這一重障礙又這樣輕而易舉。

有些通俗刊物為求通俗，翻譯的人名一律漢化，都是些林曼麗．柯休，這固然不是個辦法，如果照實譯為曼麗琳林德西、休柯菲爾德——通常連名姓之間的「．」都沒有——有時候又稱林德西小姐、柯菲爾德先生，只有使讀者頭昏腦脹。

地名船名索性用原文，我看了總有一種失敗的感覺。但是英文字母夾在方塊字中間，十分醒目，不懂外文的讀者一定反而歡迎。換了音譯的名稱，沒頭沒尾夾在上下文裏，反正也記不得。格調較高的書刊是不會犯這些毛病的，不過就是灰鼠鼠的不清楚。翻譯是世界之窗，我們這玻璃窗很髒。

有時候譯船名或較陌生的機關機構名稱，用引語號，如「某某兒童保健中心」，老大不妥，因為引語號在此處代表「所謂」，成了敵偽機關。但是沒有人地名符號，「　」成了萬應靈丹，至少隔開這名稱，眉目清楚。

初有標點時，書名左側加「～～～」，也沒有流行，改用「　」，與西方同用引語號。這本來合理，不必標新立異多鑄一個鉛字。但是近年來忽然「標點熱」起來，又添了個「、」。古文本來有「、」，每句右側一連串的「、」與密圈相反，表示貶意，但也兼用作著重點。現在改用作一種逗點。列舉各事項或數字，都用「、」代替逗點，年日月之間也加「、」。其實某年某月某日根本不需要逗點。

有一部武俠影片《天涯·明月·刀》，用音譯名姓之間的「·」，想是「、」之誤。片子賣座好，就又有《千刀·萬里·追》等片急起直追，三截片名風起雲湧。我担心隨時會看見人引「枯藤·老樹·昏鴉，小橋·流水·人家；古道·西風·瘦馬」。

「、」至少還有它的功用。比較專門性的論文裏列舉一長串數字或事項時，用「、」更眉目清楚。我寫《色，戒》這題目的時候躊躇了半天：「色」與「戒」不過兩件事，不是像開單子一樣，「、」用不上。但是在《紅樓夢魘》裏採用了「、」，此處再用「，」怕引起誤解，因為原有的逗點似乎狹義化了。結果只好寫《色，戒》，預告又誤作《色·戒》，可見現在逗點的混亂。

由於「標點熱」，「三四個」「七八個」都寫作「三、四個」，「七、八個」。字句間的標點是停頓的標誌。我們說「三四個」的時候，「三」「四」之間並不稍一停頓，為什麼要加標點？——近代英文往往略去逗點，長句如果照念，勢必上氣不接下氣，那是因為閱讀的速度比誦讀快得多，腦子裏語氣的停頓比口語少。

此外還有時候加逗點純是因為否則語意不清楚，上下文連在一起會引起誤解。「三、四個」既不反映口語，又不是為了意義清晰起見。中國人誰都知道「三四個」指「三個或四個」。就連學中文的英美人都不會不懂，英文也是「三四個」「七八個」。

我一向最欣賞中文的所謂「禿頭句子」——舊詩裏與口語內一樣多，譯詩者例必代加「我」字。第三人稱的one較近原意。——這種輕靈飄逸是中文的一個特色。所以每次看到比誰都囉唆累贅的「三、四個」「七、八個」，我總是像給針扎了一下，但是立即又想著：「唉！多拿一個字的稿費，又有什麼不好？」不管看見多少次，永遠是這撳鈕反應，一刺，接著一聲暗嘆。

「看看」與「商量商量」也成了「看、看」，「商量、商量」。正如「三四個」是「三或四個」略去「或」字，「看看」是「看一看」略去「一」字，也就是「稍微看一看」，比光是「看」較輕忽隨便。「看、看」就比「看」興奮緊張，以重複來加重語氣，幾乎應加驚嘆號。因此「看、看」的標點不但多餘，而且歪曲原意。

這不過是個一般的趨勢，許多學者都沒採用，但是語文是個活的東西，流行日久，也就成了正確的。新俗字層出不窮，「噘」著嘴，眼睛「盯」著，爐火的溫「煖」與日光的溫暖又不同，「你」分男女，動物與神各有個別的第三人稱；濫用兩種新添的逗點，而缺少人地名符號，妨礙翻譯。不必要的區別與標點越來越多，必要的沒有，是現今中文的一個缺點。

・原載於一九七八年三月十五日《中國時報》人間副刊。

人間小札

編者先生：看到三月十五日《人間》上拙著〈對現代中文的一點小意見〉，僅有的兩個錯字剛巧都講得通：開頭第一段「也不都是雞毛蒜皮」誤作「也不會是雞毛蒜皮」，非常自大；同一排末段「戰爭的恐怖殘酷出常人意想之外，」誤作「戰爭的恐怖殘酷常出人意想之外，」輕描淡寫得使打過仗的人起反感。可能的話，希望能刊出這封短簡，不是我吹毛求疵，是需要說明愛看《時報》而不勤投稿的苦衷，因為無法自校一遍。匆此即頌

大安

張愛玲三月卅日

·原載於一九七八年四月十一日《中國時報》人間副刊。

羊毛出在羊身上

——談《色，戒》

拙著短篇小說《色，戒》，這故事的來歷說來話長，有些材料不在手邊，以後再談。看到十月一日《人間》上域外人先生寫的「不吃辣的怎麼胡得出辣子？——評《色，戒》」一文，覺得首先需要闡明下面這一點：

特務工作必須經過專門的訓練，可以說是專業中的專業，受訓時發現有一點小弱點，就可以被淘汰掉。王佳芝憑一時愛國心的衝動——域文說我「對她愛國動機全無一字交代，」那是因為我從來不低估讀者的理解力，不作正義感的正面表白——和幾個志同道合的同學，就幹起特工來了，等於是羊毛玩票。羊毛玩票入了迷，捧角拜師，自組票社彩排，也會傾家蕩產。業餘的特工一不小心，連命都送掉。所以《色，戒》裏職業性的地下工作者只有一個，而且只出現了一次，神龍見首不見尾，遠非這批業餘的特工所能比。域外人先生看書不夠細心，所以根本「表錯了情」。

○○七的小說與影片我看不進去，較寫實的如詹・勒卡瑞（John le Carré）——的名著《（冷戰中）進來取暖的間諜》——搬上銀幕也是名片——我太外行，也不過看個氣氛。裏面的心理描寫很深刻，主角的上級首腦雖是正面人物，也口蜜腹劍，犧牲個把老下屬不算什麼。我寫的不是這些受過專門訓練的特工，當然有人性，也有正常的人性的弱點，不然勢必人物類型化，成了共黨文藝裏一套板的英雄形象。

王佳芝的動搖，還有個遠因。第一次企圖行刺不成，賠了夫人又折兵，不過是為了喬裝已婚婦女，失身於同夥的一個同學。對於她失去童貞的事，這些同學的態度相當惡劣——至少予她的印象是這樣——連她比較最有好感的鄺裕民都未能免俗，讓她受了很大的刺激。她甚至於疑心她是上了當，有苦說不出，有點心理變態。不然也不至於在首飾店裏一時動心，鑄成大錯。

第二次下手，終於被她勾搭上了目標。她「每次跟老易在一起都像洗了個熱水澡，把積鬱都沖掉了，因為一切都有了個目的。」「因為一切都有了個目的」，是說「因為沒白犧牲了童貞」，極其明顯。域外人先生斷章取義，撇開末句不提，說：

我未幹過間諜工作，無從揣摩女間諜的心理狀態。但和從事特工的漢奸在一起，會像「洗了個熱水澡」一樣，把「積鬱都沖掉了」，實在令人匪夷所思。

王佳芝演話劇，散場後興奮得鬆弛不下來，大夥消夜後還拖個女同學陪她乘電車遊車河，這種心情，我想上台演過戲，尤其是演過主角的少男少女都經驗過。她第一次與老易同桌打牌，看得出他上了鈎，回來報告同黨，覺得是「一次空前成功的演出，下了台還沒下裝，自己都覺得顧盼間光艷照人。她捨不得他們走，恨不得再到哪裏去。已經下半夜了，鄺裕民他們又不跳舞，找那種通宵營業的小館子去吃及第粥也好，在毛毛雨裏老遠一路走回來，瘋到天亮。」

自己覺得扮戲特別美艷，那是舞台的魅力。「捨不得他們走」，是不願失去她的觀眾，與通常的the party is over，酒闌人散的惆悵。這種留戀與拖女同學夜遊車河一樣天真。「瘋到天亮」也不過是凌晨去吃小館子，雨中步行送兩個女生回去而已。域外人先生不知道怎麼想到歪裏去了：

我但願是我錯會了意，但有些段落，實在令我感到奇怪。例如她寫王佳芝第一次化身麥太太，打入易家，回到同夥處，自己覺得是「一次空前成功的演出，下了台還沒下裝，自己都覺得顧盼間光艷照人。她捨不得他們走，恨不得再到哪裏去」。然後又「瘋到天亮」。那次她並未得手，後來到了上海，她又「義不容辭」再進行刺殺易先生的工作。照張愛玲寫來，她真正的動機卻是「每次跟老易在一起都像洗了個熱水澡，把積鬱都沖掉了，因為一切都有了（缺〔個〕字）目的。」

句旁重點是我代加。「回到同夥處」顯指同夥都住在「麥家」。他們是嶺南大學學生，隨校遷往香港後，連課堂都是借港大的，當然沒有宿舍，但是必定都有寓所。「麥家」是臨時現找的房子，香港的小家庭都是住公寓或是一個樓面。要防易家派人來送信，或是易太太萬一路過造訪，年青人太多令人起疑，絕不會大家都搬進來同住，其理甚明。這天晚上是聚集在這裏「等信」。

既然算是全都住在這裏，「捨不得他們走」就不是捨不得他們回去，而成了捨不得他們離開她各自歸寢。引原文又略去舞場已打烊，而且鄺裕民等根本不跳舞——顯然因為態度嚴肅——惟有冒雨去吃大牌檔一途。再代加「然後又」三字，成為「然後又瘋到天亮」，「瘋到天亮」就成了出去逛了回來開無遮大會。

此後在上海跟老易每次「都像洗了個熱水澡，把積鬱都沖掉了，因為一切都有了（個）目的」，引原文又再度斷章取義，忽視末句，把她編派成色情狂。這才叫羅織入人於罪，倒反咬一口，說我「羅織她的弱點」。

一般寫漢奸都是獐頭鼠目，易先生也是「鼠相」，不過不像公式化的小說裏的漢奸色迷迷暈陶陶的，作餌的俠女還沒到手已經送了命，俠女得以全貞，正如西諺所謂「又吃掉蛋糕，又留下蛋糕。」他唯其因為荒淫縱慾貪污，漂亮的女人有的是，應接不暇，疲於奔命，因此更不容易對付。而且雖然「鼠相」，面貌儀表還不錯——這使域外人先生大為駭異，也未免太「以貌取人」了。——這一點非常重要，因為他如果是個「糟老頭子」（見水晶先生《色，戒》書評），給王佳芝買這隻難覓的鑽戒本來是理所當然的，不會使她怦然心動，以為「這個人是真愛我的」。

易先生的「鼠相」「據說是主貴的」，（《色，戒》原文）「據說」也者，當是他貴為偽政府部長之後，相士的恭維話，也可能只是看了報上登的照片，附會之詞。域外人先生寫道：「漢奸之相『主貴』，委實令我不解。」我也不解。即使域外人先生篤信命相，總也不至於迷信到認為一切江湖相士都靈驗如神，使他無法相信會有相面的預言偽部長官運亨通，而看不出他這官做不長。

此外域文顯然提出了一個問題：小說裏寫反派人物，是否不應當進入他們的內心？殺人越貨的積犯一定是自視為惡魔，還是可能自以為也有逼上梁山可歌可泣的英雄事蹟？

易先生恩將仇報殺了王佳芝，還自矜為男子漢大丈夫。起先她要他同去首飾店，分明是要敲他一記。「他有點悲哀。本來以為想不到中年以後還有這樣的奇遇。……不讓他自我陶醉一下，不免憮然。」此後她捉放曹放走了他，他認為「她還是愛他的，是他生平第一個紅粉知己。想不到中年以後還有這番遇合。」這是鎗斃了她以後，終於可以讓他儘量「自我陶醉」了，與前如出一轍，連字句都大致相同。

他並且說服了自己：「得一知己，死而無憾。他覺得她的影子會永遠依傍他，安慰他。……他們是原始的獵人與獵物的關係，虎與倀的關係，最終極的佔有。她這才生是他的人，死是他的鬼。」

域外人先生說：「讀到這一段，簡直令人毛骨悚然。」

「毛骨悚然」正是這一段所企圖達到的效果，多謝指出，給了我很大的鼓勵。

因為感到毛骨悚然，域外人先生甚至於疑惑起來：

也許，張愛玲的本意還是批評漢奸的？也許我沒有弄清楚張愛玲的本意？

但是他讀到最後一段，又翻了案，認為是「歌頌漢奸的文學——即使是非常曖昧的歌頌——」。

故事末了，牌桌上的三個小漢奸太太還在進行她們無休無歇的敲竹槓要人家請吃飯。無聊的鼓譟歪纏中，有一個說了聲：「不吃辣的怎麼胡得出辣子？」一句最淺薄的諧音俏皮話。域外人先生問：

這話是什麼意思？辣椒是紅色的，「吃辣」就是「吃血」的意思，這是很明顯的譬喻。難道張愛玲的意思是，殺人不眨眼的漢奸特務頭子，只有「吃辣」才「胡得出辣子」，做得大事業？這樣的人才是「主貴」的男子漢大丈夫？

「辣椒是紅色的，『吃辣』就是『吃血』的意思。」吃紅色食品就是「吃血」，那麼吃番茄也是吃血？而且辣的食物也不一定是辣椒，如粉蒸肉就用胡椒粉，有黑白二種。

我最不會辯論，又寫得慢，實在匀不出時間來打筆墨官司。域外人這篇書評，貌作持平之論，讀者未必知道通篇穿鑿附會，任意割裂原文，予以牽強的曲解與「想當然耳」，一方面又一再聲明「但願是我錯會了意」，自己預留退步，可以歸之於誤解，就可以說話完全不負責。我到底對自己的作品不能不負責，所以只好寫了這篇短文，下不為例。

•原載於一九七八年十一月二十七日《中國時報》人間副刊。

重訪邊城

我回香港去一趟，順便彎到台灣去看看。在台北下飛機的時候，沒預備有認識的人來接。我叫麥先生麥太太不要來，因為他們這一向剛巧忙。但是也可能他們托了別人來接機，所以我看見一個顯然幹練的穿深色西裝的人走上前來，並不感到詫異。

「你是李察・尼克遜太太？」他用英語說。

我看見過金髮的尼克遜太太許多照片，很漂亮，看上去比她的年齡年青二三十歲。我從來沒以為我像她，而且這人總該認得出一個中國女同胞，即使戴著太陽眼鏡。但是因為女人總無法完全不信一句諛詞，不管多麼顯與事實不符，我立刻想起尼克遜太太瘦，而我無疑地是瘦。也許他當作她戴了黑色假髮，為了避免引起注意？

「不是，對不起，」我說。

他略一頷首，就轉身再到人叢中去尋找。他也許有四十來歲，中等身材，黑黑的同字臉，濃眉低額角，皮膚油膩，長相極普通而看著很順眼。

我覺得有點奇怪，尼克遜太太這時候到台灣來，而且一個人來。前副總統尼克遜剛競選加州州長失敗，在記者招待會上說了句氣話：「此後你們沒有尼克遜好讓你們踢來踢去了。」顯然自己也以為他的政治生命完了。正是韜光養晦的時候，怎麼讓太太到台灣來？即使不過是遊歷，也要避點嫌疑。不管是怎麼回事，總是出了點什麼差錯，才只有這麼一個大使館華人幹員來接她。

「你們可曉得尼克遜太太要來？」我問麥氏夫婦。他們到底還是來了。

「哦？不曉得。沒聽見說。」

我告訴他們剛才那人把我誤認作她的笑話。麥先生沒有笑。

「唔。」然後他有點不好意思地說：「有這麼個人老是在飛機場接飛機，接美國名人。有點神經病。」

我笑了起來，隨即被一陣抑鬱的浪潮淹沒了，是這孤島對外界的友情的渴望。

一出機場就有一座大廟，正殿前一列高高的白色水泥台階，一個五六十歲的太太相當費勁地在往上爬，裹過的半大腳，梳著髻，臃腫的黑旗袍的背影。這不就是我有個中學同班生的母親？麥先生正在問我「回來覺得怎麼樣？」我驚異地微笑，說：「怎麼都還在這兒？當是都沒有了嘛！」除了年光倒流的感覺，那大廟幾乎直蓋到飛機場裏，也增加了時空的混亂。當時沒想到，送行怕飛機失事，要燒香求菩薩保佑，就像漁村為了出海打魚危險，必定要有媽祖廟一樣。

我以前沒到過台灣，但是珍珠港事變後從香港回上海，乘的日本船因為躲避轟炸，航線彎彎扭扭的路過南台灣，不靠岸，遠遠的只看見個山。是一個初夏輕陰的下午，淺翠綠的欹斜秀削的山峰映在雪白的天上，近山腳沒入白霧中。像古畫的青綠山水，不過紙張沒有泛黃。倚在船舷上還有兩三個乘客，都輕聲呼朋喚友來看，不知道為什麼不敢大聲。我站在那裏一動都不動，沒敢走開一步，怕錯過了，知道這輩子不會再看見更美的風景了。當然也許有更美的，不過在中國人看來總不如——沒這麼像國畫。

輪船開得不快，海上那座山維持它固定的姿勢，是否有好半天，還是不過有這麼一會工夫，我因為實在貪看，唯恐下一分鐘就沒有了，竟完全沒數，只覺得在注視，也不知道是注入還是注出，彷彿一飲而盡，而居然還在喝，還在喝，但是時時刻刻都可能發現啣著空杯。末了它是怎樣遠去或是隱沒的，也不記得了，就那一個永遠忘不了的印象。這些年後到台灣來，根本也沒打聽那是什麼山。我不是登山者，也不想看它陸地上的背面。還是這樣好。

「台北不美，不過一出城就都非常美，」麥先生在車上說。

到處是騎樓，跟香港一樣，同是亞熱帶城市，需要遮陽避雨。羅斯福路的老洋房與大樹，在秋暑的白熱的陽光下樹影婆娑，也有點像香港。等公車的男女學生成群，穿的制服乍看像童子軍。紅磚人行道我只在華府看到，也同樣敝舊，常有缺磚。不過華盛頓的街道太寬，往往路邊的兩層樓店面房子太萎瑣，壓不住，四顧茫茫一片荒涼，像廣場又沒有廣場的情調，不像台北的紅磚道有溫暖感。

麥氏夫婦知道我的脾氣，也不特地請吃飯招待，只作了一些安排。要看一個陌生的城市，除了步行都是走馬看花。最好是獨行，但是像我這樣不識方向的當然也不能一個人亂走。午後麥太太開車先送麥先生上班，再帶我到畫家席德進那裏去。麥太太是美國人，活潑潑地把頭一摔，有點賭氣地說：「他是我最偏愛的一個人。（He's my favorite person.）」

她在大門口樓梯腳下哇啦一喊，席先生打著赤膊探頭一看，有點不好意思地去穿上襯衫再招呼我們上樓。樓上雖然悶熱，佈置得簡單雅潔，我印象中原色髹漆的板壁很多，正是掛畫的最佳背景。走廊就是畫廊。我瞻仰了一會，太熱，麥太太也沒坐下就走了，席先生送她出去，就手陪我去逛街。

有席德進帶著走遍大街小巷，是難求的清福。他默無一語，簡直就像你一個人逍遙自在地散步，不過免除迷路的恐慌。鑽進搭滿了晾衣竿的狹巷，下午濕衣服都快乾了，衣角偶而微涼，沒有水滴在頭上。盤花金色鐵窗內望進去，小房間裏的單人床與桌椅一覽無餘，淺粉色印花掛衣袋是美國沒有的。好像還嫌不夠近，一個小女孩貼緊了鐵柵站在窗台上，一動也不動地望著我們挨身走過。也許因為房屋輕巧新建，像擠電梯一樣擠得不鬱塞，彷彿也同樣是暫時的。

走過一個花園洋房，灰色磚牆裏圍著相當大的一塊空地，有兩棵大樹。

「這裏有說書的。時候還沒到，」他說。

想必是露天書場，籐椅還沒搬出來。比起上海的書場來，較近柳敬亭原來的樹下或是茶館裏說書。沒有粽子與蘇州茶食，茶總有得喝？要經過這樣的大動亂，才擺脫了這些黏附物——零食；雪亮的燈光下，兩邊牆上櫥窗一樣大小與位置的金框大鏡，一路掛到後座，不但反映出台上的一顰一笑，連觀眾也都照得清清楚楚。大概為了時髦妓女和姨太太們來捧場，聽完了一檔剛下場就嬝嬝婷婷起身離去，全場矚目，既出風頭又代作廣告。

經過一座廟，進去隨喜。這大概是全世界最家常的廟宇，裝著日光燈，掛著日曆。香案上供著蛋杯——吃煮蛋用的高腳小白磁杯，想是代替酒盅。拜墊也就用沙發上的荷葉邊軟墊，沒有蒲團。牆上掛著個木牌寫著一排排的姓名，不及細看，不知是不是捐錢蓋廟的施主。祀的神中有神農，半裸，深棕色皮膚，顯然是上古華南居民，東南亞人的遠祖。神農嘗百草，本來草藥也大都是南方出產，北邊有許多都沒有。草藥發明人本來應當是華南人。——是否就是「南藥王」？——至於民間怎麼會知道史前的華南人這麼黑，只能歸之於種族的回憶，浩如烟海的迷茫模糊的。我望著那長方臉黝黑得眉目不清的，長身盤腿坐著的神農，敗在黃帝手中的蚩尤的上代，不禁有一種森森然的神秘感，近於恐懼。

神案上花瓶裏插著塑膠線組成的鏤空花朵。又插著一大瓶彩紙令旗，過去只在中秋節的香斗上看見過。該是道教對佛寺的影響。神殿一隅倚著搭戲台用的木材。

下一座廟是個古廟——當然在台北不會太古老。灰色的屋瓦白蒼蒼的略帶紫藍，色調微妙，先就與眾不同。裏面的神像現代化得出奇，大頭，面目猙獰，帽子上一顆大絨球橫斜，武生的戲裝；身材極矮，從俯視的角度壓縮了。與他並坐的一位索性沒有下半身。同是雙手擱在桌上，略去下肢的一個是高個子，軀幹拉長了，長眉直垂到腮頰上。這決不是受後期印象派影響的現代彫塑，而是當年影響馬蒂斯的日本版畫的表親或祖先。日本吸收中國文化，如漢字就有一大部份是從福建傳過去的。閩南塑像的這種特色，後來如果失傳了，那就是交通便利了些之後，被中原的主流淹沒了。（註）

下首大玻璃櫃裏又有隻淡黃陶磁怪龍，上頦奇長，長得像食蟻獸，如果有下頦，就是鱷魚了，但是缺下頦，就光吐出個舌頭。背上生翅，身子短得像四腳蛇。創造怪獸，似乎殷周的銅器之後就沒有過？

這麼許多疑問，現成有行家在側，怎麼不請教一聲？彷彿有人說過，發問也要學問。我腦子一時轉不過來，不過看著有點奇怪而已，哪問得出什麼。連廟名沒看清楚，也都沒問是什麼廟。多年後根據當時筆記作此文，席德進先生已經去世，要問也沒處問了。那天等於夢遊症患者，午睡遊台北。反正那廟不會離席先生寓所太遠，不然我也走不動。

麥家這兩天有遠客住在他們家，替我在山上的日式旅館定了個房間，號稱「將軍套房」，將軍上山來常住的。進房要經過一連串的小院子，都有假山石與荷池，靜悄悄的一個人影子都不見。在房中只聽見黃昏細雨打著芭蕉，還有就是浴室裏石獅子嘴裏流出的礦泉，從方櫃形水泥浴缸口漫出來，泊泊濺在地上。房間裏榻榻米上擺著籐家具。床上被單沒換，有大塊黃白色的漿硬的水漬。顯然將軍不甘寂寞。如果上次住在這裏的是軍人。我告訴自己不要太挑剔，找了腳頭一塊乾淨土蜷縮著睡，但是有臭蟲。半夜裏還是得起來，睡在壁龕的底板上——日式客廳牆上的一個長方形淺洞，掛最好的畫，擺最好的花瓶的地方。下緣一溜光滑的木板很舒服，也不太涼。一覺睡到日上三竿，女服務生進來鋪床，找不到我，嚇了一大跳。

幸而只住了一夜。麥家托他們的一個小朋友帶我到他家鄉花蓮觀光，也是名城，而且有高山族人。

一下鄉，台灣就褪了皮半捲著，露出下面較古老的地層。長途公共汽車上似乎全都是本省人。一個老婦人紮著地中海風味的黑布頭巾、穿著肥大的清裝襖，戴著灰白色的玉鐲——台玉？我也算是還鄉的複雜的心情變成了純粹的觀光客的遊興。

替我作嚮導的青年不時用肘彎推推我，急促地低聲說：「山地山地！」

我只匆匆一瞥，看到一個纖瘦的灰色女鬼，頰上刺青，刻出藍色鬍鬚根根上翹，翹得老高，背上揹著孩子，在公路旁一爿店前流連。

「山地山地！」

吉卜西人似的兒童，穿著破舊的T恤，西式裙子，抱著更小的孩子。

「有日本電影放映的時候，他們都上城來了，」他說。

「哦？他們懂日文？」

「說得非常好。」

車上有許多乘客說日語。這都是早期中國移民，他們的年青人還會說日文的多得使人詫異。

公共汽車忽然停了，在一個「前不巴村，後不巴店」的地方。一個壯碩的青年跳下車去，車掌也跟著下去了。忽然打起架來，兩人在地下翻滾。藍天下，道旁的作物像淡白的蘆梗矮籬似的齊臻臻的有二尺高。

「契咖茹喲！契咖茹喲！（搞錯了喲！）」那青年在叫喊。

司機也下去了，幫著打他。

大概此地民風強悍。一樣是中國人，在香港我曾經看見一個車掌跟著一個白坐電車的人下去，一把拉住他的西裝領帶，代替從前的辮子，打架的時候第一先揪的。但是那不過是推推搡搡辱罵恫嚇，不是真動武。這次我從台灣再去香港，有個公車車掌被抓進警察局，因為有個女人指控他用車票打孔機打她。——他們向來總是把那件沉重的鐵器臨空扳得軋軋響，提醒大家買票。——那也還不是對打。香港這一點是與大陸一致的，至少是提倡「武鬥」前的大陸。

這台灣司機與車掌終於放了那青年，回到車上來。

「他們說這人老是不買票，總是在這兒跳下去，」我的青年朋友把他們的閩南話譯給我聽。

挨打的青年站起來拍拍身上的灰塵。他的美軍剩餘物資的茶褐色襯衫撕破了。公車開走了，開過他身邊的時候，他向它立正敬禮。他不會在日據時代當過兵，年紀不夠大，但是那種奇異的敬意只有日本有。

觀光客大都就看個教堂，在中國就是廟了。花蓮的廟比台北還更家庭風味，神案前倚著一輛單車，花瓶裏插著雞毛撣帚。裝置得高高的轉播無線電放送著流行音樂。後院紅磚闌干砌出工字式空花格子，襯著芭蕉，燈影裏偶有一片半片蕉葉碧綠。後面廚房裏昏黃的燈下，牆上掛著一串玲瓏的竹片鎖鍊，蒸饅頭用的。我不能想像在蒸籠裏怎麼用，恨不得帶回去拿到高級時裝公司去推銷，用作腰帶。純棉的瑞士花布如果亂紅如雨中有一抹竹青，響應竹製衣帶，該多新妍可喜！

花蓮城隍廟供桌上的暗紅漆筊杯像一副豬腰子。浴室的白磁磚牆。殿前方柱與神座也是白磁磚。橫擋在神案前的一張褪色泥金彫花木板卻像是古物中的精品。又有一對水泥方柱上刻著紅字對聯。忽然一抬頭看見黑洞洞的天上半輪涼月——原來已經站在個小院子裏。南中國的建築就是這樣緊湊曲折，與方方正正的四合院大不相同。月下的別院，不禁使人想起無數的庵堂相會的故事。

此地的廟跟台北一樣，供香客插燭的高腳蠟台上都沒裝鐵簽——那一定是近代才有的。台灣還是古風，山字架的下截補換了新木，更顯出上半的黯黑舊白木棍棒的古拙。有的廟就在木架上架隻小籐籮，想必籮中可以站滿蠟燭——一隻都沒有，但是揣度木架的部位與高矮，不會不是燭台。因陋就簡，還是當初移民的刻苦的遺風。

還有一個特點是神像都坐在神龕外，綉幔前面。乍看有點看不慣，太沒掩蔽，彷彿喪失了幾分神秘莊嚴。想來是神像常出巡，抬出抬進，天氣又熱，揮汗出力搬扛的人挨挨擦擦，會污損絲綢帳幔。我看見過一張照片上，廟門外擠滿了人，一個穿白汗背心的中年男子笑著橫抱著個長鬚神像，臉上的神情親切，而彷彿不當樁事，並不肅然。此地的神似乎更接近人間，人比在老家更需要神，不但背鄉離井，同荒械鬥「出草」也都還是不太久以前的事，其間又還經過五十年異族的統治，只有宗教是還是許可的。這裏的人在時間與空間上都是邊疆居民，所以有點西部片作風。我想起公共汽車旁的打鬥。

花蓮風化區的廟，荷葉邊拜墊上鑲著彩色補釘圖案，格外女性化些。有一隻破了的，墊在個大缸底下。高僧坐化也是在缸中火葬的，但是這裏的缸大概是較日常的用途。缸上沒有木蓋，也許還是裝自來水前的水缸。香案前橫幅浮彫板上嵌滿碎珊瑚枝或是海灘石子作背景。日光燈的青光下，花神幔上包著的一層玻璃紙閃閃發光。想必因為天氣潮濕，怕絲綢腐爛。

夜間沒有香客，當然是她們正忙的時候。殿外大聲播送爵士樂，更覺冷冷清清。廊下一群廟祝高坐在一個小平台上，半躺在籐椅上翹著腳喝茶談天。殿側堆著鑼鼓樂器，有一面大鼓上寫著「特級」二字。

附近街上一座簡陋的三層樓木屋，看上去是新造的，獨門獨戶站在一小塊空地上，門口掛著「甲種妓女戶」門牌。窗內燈光雪亮，在放送搖滾樂。靠牆直挺挺兩隻木椅，此外一無所有。兩個年青的女人穿著短旗袍，長頭髮披在背上，彷彿都是大眼睛高個子高胸脯，足有國際標準，與一個男子在跳搖滾舞。男子近中年了，胖胖的，小眼睛，有點豬相，拱著鼻子，而面貌十分平凡，穿著米色拉鍊夾克，隨和地舒手舒腳，至多可以說跟得上。但是此地明明不是舞校，也許是他們自己人閒著沒事做廣告。

二等妓院就沒有這麼純潔了。公共食堂大觀園附設浴堂，想也就是按摩院，但是聽說是二等妓院。樓下一排窗戶裏，有一張籐躺椅上鋪著條毛巾被，通內室的門裏有個大紅織錦緞長旗袍的人影一閃。這樣衣冠齊整怎麼按摩？似乎與大城市的馬殺雞性質不同。

另一個窗戶裏有個男子裸體躺在籐椅上，只蓋塊大毛巾。又有個窗戶裏，一個人傴僂著在剪腳趾甲。顯然不像大陸上澡堂子裏有修腳的。既然是自理，倒不省點錢在家裏剪，而在這春宵一刻值千金的時候且忙著去剪腳趾甲。雖然剛洗過澡指甲軟些容易剪，也是大殺風景的小小豪舉。

這一排窗戶不知是否隔成小室的統間，下半截牆漆成暗綠色，上半截奶油色，壁上有隻老式掛鐘。樓下大敞著門，門前停著許多單車，歪歪斜斜互相偎倚著疊放。大門內一列深棕色櫃台，像旅館或醫院掛號處。牆壁也漆成同樣的陰暗的綠色，英美人稱作「醫院綠」的。

大概因為氣候炎熱需要通風，彷彿沒有窗簾這樣東西，一律開放展覽。小電影院也只拉上一半鐵門，望進去黑洞洞的一直看到銀幕與兩旁的淡綠色舞台幕。

風化區的照相館門口高高下下掛滿妓女的照片，有的學影星張仲文長髮遮住半邊臉，有的像劉琦，都穿著低領口夜禮服。又有同一人兩張照片疊印的，清末民初盛行的「對我圖」。

夜遊後，次日再去看古屋。本地最古老的宅第是個二層樓紅磚屋，正樓有飛簷，山牆上鑲著湖綠陶磁挖花壁飾，四周簇擁著淡藍陶磁小雲朵。兩翼是平房。場院很大，矮竹籬也許是後添的。院門站得遠遠的，是個小牌樓，上有飛簷，下面一對紅磚方柱。

台灣彷彿一直是紅磚，大概因為當地的土質。大陸從前都是青磚，其實是深灰色，可能帶青灰。因為中國人喜愛青色——「青出於藍而勝於藍」——逕稱為青磚。紅磚似是外來的，英國德國最普遍的，條頓民族建築的特色。在台灣，紅磚配上中國傳統的飛簷與綠磁壁飾，於不調和中別有一種柔艷憨厚的韻味。

有個嘉慶年間的廟，最古的一翼封閉了，一扇門上掛著木牌，上寫「辦公處Office」。側面牆上有個書卷形小窗，兩翼各嵌一隻湖綠陶磁挖花壁飾作窗櫺，中央的一枚想必砸破了，換裝三根原木小棍子，也已經年深月久了，予人的感覺是原有的，整個的構圖倒更樸拙有致。

又有一幢老屋，普通的窗戶也用這種八角形綠磁挖花壁飾作窗櫺，六隻疊成兩行。後加同色木柵保護，褪色的淡藍木柵也仍舊溫厚可愛，沒有不調和。

小巷裏，搖茶葉的婦人揹著孩子在門前平台上席地圍坐，大家合捧著個大扁篾籃，不住地晃動著。籃子裏黑色的茶葉想必是烏龍，茶香十步外特別濃。另一家平台上堆滿了舊車胎。印度也常有這種大門口的平台。

年青的朋友帶我來到一處池塘，一個小棕櫚棚立在水心。碧清的水中偶有兩叢長草倒影。是農場還是漁塭？似乎我的導遊永遠都是沉默寡言，我不知道怎麼也從來不問。

有個長髮女郎站在亮藍的水裏俯身操作，一件橙黃桔綠的連衫裙捲到大腿上；面貌身材與那兩個甲種妓女同一類型，不過纖巧清揚。除了電影裏，哪有這等人物這身打扮作體力勞動的？如果我是貴賓來參觀，就會疑心是「波田姆金的村莊」——俄國女皇凱薩琳二世的寵臣波田姆金（Potemkin）在女皇遊幸途中遍植精雅的農舍，只有前面一堵假牆，又徵集村姑穿著當地傳統服裝載歌載舞，一片昇平氣象。

這美人想必引人注目慣了，毫不理會我們眈眈遙視，過了一會，逕自蹚水進棚去了。我這才微弱地噯呀了一聲，帶笑驚嘆。那青年得意地笑了。

此地大概是美人多。一來早期移民本來是南國佳人，又有娶山地太太的高山族，至少是花蓮的阿美族比著名出美人的峇里人還要漂亮。

我們沿著池邊走到一個棕櫚涼亭歇息，吃柚子。從來沒吃過這樣酸甜多汁的柚子，也許因為產地近，在上海吃到湖南柚子早已乾了。我望著地下闌干的陰影裏一道道橫條陽光。剛才那彩色闊銀幕的一場戲猶在目前，疑幻疑真，相形之下，柚子味吃到嘴裏真實得使人有點詫異。

同是邊城，香港不像台灣有一水之隔，不但接壤，而且返鄉探親掃墓的來來去去絡繹不絕，對大陸自然看得比較清楚。我這次分租的公寓有個大屋頂洋台，晚上空曠無人，悶來就上去走走，那麼大的地方竟走得團團轉。滿城的霓虹燈混合成昏紅的夜色，地平線外似有山外山遙遙起伏，大陸橫躺在那裏，聽得見它的呼吸。

二房東太太是上海人，老是不好意思解釋他們為什麼要分租：「我們都是寄包裹寄窮了呀！」

他們每月寄給她婆家娘家麵條炒米鹹肉，肉乾筍乾，砂糖醬油生油肥皂，按季寄衣服。有一種英國製即融方塊雞湯，她婆婆狂喜地來信說它「解決了我們一天兩頓飯的一切問題。」砂糖他們用熱水沖了吃作為補品。她弟弟在勞改營，為了窩藏一個國特嫌犯；寫信來要藥片治他的腰子病與腿腫。她妹妹是個醫生，派到鄉下工作。「她晚上要出診，鄉下地方漆黑，又高低不平，她又怕蛇——女孩子不就是這樣。」她抱歉的聲口就像是說她的兩個女兒佔用浴室時間太長，「女孩子不就是這樣。」

我正趕上看見他們一次大打包。房東太太有個親戚要回去，一個七十來歲的老太太，可以替他們帶東西。她丈夫像牛仔表演捉小牛，用麻繩套住重物，掙扎得在地板上滿地滾。房東太太烤了隻蛋糕，又燉了一鍋紅燒肉。

「鍋他們也用得著，」她說。

「一鍋紅燒肉怎麼帶到上海？」我說。

「凍結實了呀。火車像冰箱一樣。」

她天亮就起來送行，也要幫著拎行李通過羅湖邊境的檢查。第二天她一看見我就叫喊起來：「哈呀！張小姐，差點回不來嘍！」

「噯呀，怎麼了？」

「嚇咦呀！先不先，東西也是太多。」她聲音一低，用串通同謀的口氣。「也是這位老太，她自己的東西實在多不過。整桶的火油，整箱的罐頭，壓成板的鹹魚裝箱，衣裳被窩毯子，鍋呀水壺，樣樣都有，夠陪嫁擺滿一幢房子的。關卡上的人不耐煩起來了。後來查到她皮夾子裏有點零錢，人民票，還是她上趟回來帶回來的，忘了人民票不許帶出來的。夥咦！這就不得了了。『這是哪來的？哈？』嗯，『你這是什麼意思？啊？』找上我了：『你是什麼人？啊？你跟她是什麼關係，哈？你在這幹什麼，啊？』」房東太太虎起一張孩兒面，豎起一雙吊梢眼，吼出那些「啊」「哈」。「噯呀我說我什麼都不知道，我是來送行的——心裏嘿一直急得要死。」她皺著眉嘖的一聲，又把聲音一低，竊竊私語道：「這位老太有好幾打尼龍襪子縫在她棉袍裏。」

「帶去賣？」

「不是，去送禮。女人穿在長袴裏。」

「——看都看不見！」

「不是長統的。」她向她小腿上比劃了一下。「送給幹部太太。她總喜歡誰都送到。好能幹呵，老太。她把香港拍的電影進口。給高幹看的。要這麼些錢幹什麼？哈？七十歲了，又沒兒女，哈？」她笑了。

這時候正是大躍進後大饑荒大逃亡，五月一個月就有六萬人衝出香港邊界。大都是鄰近地帶的鄉民。向來是農民最苦，也還是農民最苦。十年前我從羅湖出境的時候，看見鄉下人挑著担子賣菜的可以自由出入，還羨慕他們。我們火車上下來的一群人過了羅湖橋，把證件交給鐵絲網那邊的香港警察。拿了去送到個小屋去研究，就此音信杳然。正是大熱天，我們站在太陽地裏等著。這香港警察是個瘦長的廣東靚仔，戴著新款太陽眼鏡，在大陸來的土包子眼中看來奇大的墨鏡，穿的制服是短袖襯衫，百慕達短袴，燙得摺痕筆挺，看上去又涼爽又倨傲，背著手踱來踱去。中共站岡的兵士就在我們旁邊，一個腮頰圓鼓鼓的北方男孩，穿著稀皺的太大的制服。大家在灼熱的太陽裏站了一個鐘頭之後，那小兵憤怒地咕嚕了一句，第一次開口：「讓你們在外頭等著，這麼熱！去到那邊站著。」他用下頦略指了指後面一箭之遙，有一小塊陰涼的地方。

我們都不朝他看，只稍帶微笑，反而更往前擠近鐵絲網，彷彿唯恐遺下我們中間的一個。但是仍舊有這麼一剎那，我覺得種族的溫暖像潮水沖洗上來，最後一次在身上沖過。

我學生時代的香港，自從港戰後回上海，廢學十年，那年再回去，倒還沒怎麼改變，不過校園後面小山上的樹長高了，中間一條磚砌小徑通向舊時的半山女生宿舍，比例不同了，也有點「面熟陌生」。我正眼都沒看它一眼，時間的重量壓得我抬不起頭來，只覺得那些拔高了的小杉樹還有點未成年人的伶仃相，一個個都是暗綠的池中暗綠的噴泉向白色的天上射去，嘩嘩地上升，在那一剎那間已經把我拋下很遠，縮小了而清晰異常，倒看的望遠鏡中人，遠遠的站在地下。沒等這畫面成形，我早已轉身走開了。

這次別後不到十年，香港到處在拆建，郵筒半埋在土裏也還照常收件。造出來都是白色大廈，與非洲中東海洋洲任何新興都市沒什麼分別。偶有別出心裁的，抽屜式洋台淡橙色與米黃相間，用色胆怯得使人覺得建築師與畫家真是老死不相往來的兩族。

想必滿山都是白色高樓，半山的杜鵑花早砍光了。我從來沒問起。其實花叢中原有的二層樓薑黃老洋房，門前洋台上褪了漆的木柱闌干，掩映在嫣紅的花海中，慘戚得有點刺目，但是配著碧海藍天的背景，也另有一種淒梗的韻味，免得太像俗艷的風景明信片。

這種老房子當然是要拆，這些年來源源不絕的難民快把這小島擠坍了，怎麼能不騰出地方來造房子給人住？我自己知道不可理喻，不過是因為太喜歡這城市，兼有西湖山水的緊湊與青島的整潔，而又是離本土最近的唐人街。有些古中國的一鱗半爪給保存了下來，唯其近，沒有失真，不像海外的唐人街。

這次來我住在九龍，難得過海，怕看新的渡輪碼頭，從前光潤的半舊棗紅橫條地板拆了，換了水泥地。本來一條長廊伸出海中，兩旁隔老遠才有一張玻璃盒裝的廣告畫，冷冷清清介紹香烟或是將上映的影片。這麼寶貴的廣告空間，不予充份利用，大有諧星的throwing line的風度——越是妙語越是「白扔掉」，不經意地咕噥一聲，幾乎聽不清楚。那一份閒逸我特別欣賞。

相形之下，新蓋的較大的水泥建築粗陋得慘不忍睹。我總是實在非過海不可，才直奔那家店舖，目不斜視。這樣謀猶，自然見聞很少。

但是看來南下的外省人已經同化了。孩子們在學校裏說廣東話，在家裏也不肯講任何其他方言，正好不與父母交談，別處的十幾歲的人也許會羨慕他們有這藉口。

耶誕節他們跟同學當面交換聖誕卡片。社會上不是教徒也都慶祝，送禮，大請客。

報上十三妹寫的專欄有個讀者來信說：「我今年十九歲。」一年前她父親帶她從華北逃出來，一路經過無數艱險，最後一程子路乘小船到澳門，中途被中共射擊，父親用身體遮著她，自己受了重傷，死在澳門的醫院裏。她到了香港，由父親的一個朋友給找了個小事，每月約有一百元港幣，只夠租一個床位，勉強存活。「全香港只有我不過聖誕節，」她信上說。「請告訴我我是不是應當回大陸去。」

十三妹怎樣回答的，不記得了，想必總是勸勉一番。我的反應是漫畫上的火星直爆，加上許多「！」與「#」，不管「#」在這裏是代表什麼。當然也不值得這樣大驚小怪，在封閉的社會裏，年青人的無知，是外間不能想像的。連父母在家裏有許多話也都不敢說，怕萬一被子女檢舉。一到了香港的花花世界，十九歲的女孩正是愛美的年齡，想裝飾自己的慾望該多強烈。冠蓋滿京華，斯人獨憔悴，是真寧可回到「大家沒得」的地方，少受點痛苦。不過一路出來，沒有糧票路條，不靠親友幫忙決走不了這麼遠。一回去追究起來，豈不害了這些恩人？

我覺得這是個非常好的故事，緊張，悲壯，對人性有諷刺性的結局。可惜我不會寫。

臨走我有個親戚約了在香港飯店見一面，晚上七點半在大廳上泡壺紅茶，叫了一盤小蛋糕。談了一會，出來也才八點多。我得要買點廉價金飾帶回去送人，聽說就在後面一條街上就有許多金舖，開到很晚，順便去一趟。在飯店門口作別，不往天星碼頭走，需要解釋。表姑父聽我說還要去買東西，有點錯愕，但是顯然覺得我也算是個老香港了，不便說什麼，略一點頭呵腰，就在燈光黯淡的門廊裏一轉彎消失了身影。

我循著門廊兜過去，踏上坡斜的後街往上爬，更黑洞洞起來，一個人影子都不見。香港也像美國了，一到了晚上，營業區就成了死城，行人絕迹，只有汽車風馳電掣來往。這青石板山道斜度太陡，不通車，就一片死寂。

到底是中環，怎麼這麼黑？我該不是第一次發現我有夜盲症，但還是不懂怎麼沒走過幾家門面，頓時兩眼漆黑。小時候天色黃昏還在看書，總聽見女傭喊叫：「再看要雞茅（盲？）子眼啦！」「開了燈不行嗎？」「開了燈也是一樣！」似乎是個禁忌的時辰。只知道狗的視力不佳，雞是天一黑就看不見了？也許因此一到晚上「雞棲於塒」，必須回到雞窩去。照理在光線不足的地方看書，只會近視。黃昏的時候看書就得夜盲症，那是個禁忌的時辰，彷彿全憑聯想，不科學。但是事實是我傍晚下台階就看不清楚梯級，戴著眼鏡也沒用。不過一向沒注意，這下子好！——正趕著這時候壯著胆子不去想香港那些太多的路劫的故事，索性瞎了眼亂闖，給捅一刀也是自討的。

都怪我不肯多跑一趟，怕過海，要兩次併一次，這麼晚才去買東西。誰叫你這樣感傷起來，我對自己說。就有那麼些感情上的奢侈！怕今昔之感，就不要怕匝頸路劫。活該！

道旁該都是些舊式小店，雖然我這次回來沒來過。樓上不會不住人，怎麼也沒有半點燈光？也是我有點心慌意亂，只顧得腳下，以及背後與靠邊的一面隨時可能來的襲擊，頭上就不理會了，沒去察看有沒有樓窗漏出燈光，大概就有也稀少微弱，而且靜悄悄的聲息毫無。

要防街邊更深的暗影中竄出人來，因此在街心只聽見石板路的漸漸的腳步聲。古老的街道沒有騎樓，筆直，平均地往上斜，相當闊，但是在黑暗中也可寬可窄，一個黑胡同。預期的一拳一腳，或是一撞，腦後一悶棍，都在蓄勢躍躍欲試，似有若無，在黑暗中像風吹著柔軟的汽球，時而貼上臉來，又偶一拂過頭髮，擦身而過，僅只前前後後虛晃一招。

這不是擺綢布攤的街嗎？方向相同，斜度相同。如果是的，當然早已收了攤子，一點痕迹都不留。但是那樣鄉氣的市集，現在的香港哪還會有？現在街上擺地攤的只有大陸帶出來的字畫，掛在牆上。事隔二十年，我又向來不認識路，忘了那條街是在娛樂戲院背後，與這條街平行。但是就在這疑似之間，已經往事如潮，四周成為喧鬧的鬼市。攤子實在擁擠，都向上發展，小車櫃上豎起高高的桿柱，掛滿衣料，把沿街店面全都擋住了。

在人叢裏擠著，目不暇給。但是我只看中了一種花布，有一種紅封套的玫瑰紅，鮮明得烈日一樣使人一看就瞎了眼，上面有圓圓的單瓣淺粉色花朵，用較深的粉紅密點代表陰影。花下兩片並蒂的黃綠色小嫩葉子。同樣花還有碧綠地子，同樣的粉紅花，黃綠葉子；深紫地子，粉紅花，黃綠葉子。那種配色只有中國民間有。但是當然，非洲人穿的獷野原始圖案的花布其實來自英國曼徹斯特的紡織廠——不過是針對老非洲市場，投其所好。英國人仿製的康熙青花磁幾可亂真。但是花洋布不會掉色。與我同去的一個同學用食指蘸了唾沫試過了。是土布。我母親曾經喜歡一種印白竹葉的青布，用來做旗袍，但是那白竹葉上膩著還沒掉光的石膏，藏青地子沾著點汗氣就掉色，皮膚上一塊烏青像傷痕。就我所知，一九三〇年間就剩這一種印花土布了。香港這些土布打哪來的？如果只有廣東有，想必總是廣州或是附近城鎮織造的。但是誰穿？香港山上砍柴的女人也跟一切廣東婦女一樣一身黑。中上等婦女穿唐裝的，也是黑香雲紗衫，或是用夏季洋服的淺色細碎小花布。校區與中環沒有嬰兒，所以一時想不到。買了三件同一個花樣的——實在無法在那三個顏色裏選擇一種——此外也是在這攤子上，還買了個大紅粉紅二色方勝圖案的白絨布，連我也看得出這是嬰兒襁褓的料子。原來這些鮮艷的土布是專給乳嬰做衣服的，稍大就穿童裝了。

廣州在清初「十三行」時代——十三個洋行限設在一個小島上，只准許廣州商人到島上交易——是唯一接近外國的都市，至今還有炸火腿三明治這一味粵菜為證。他們特有的這種土布，用密點繪花瓣上的陰影，是否受日本的影響？我只知道日本衣料設計慣用密圈，密點不確定。如果相同，也該是較早的時候從中國流傳過去的，因為日本的傳統棉布向來比較經洗，不落色，中國學了繪圖的技巧，不會不學到較進步的染料。

看來這種花布還是南宋遷入廣東的難民帶來的，細水長流，不絕如縷，而且限給乳嬰穿。

我從前聽我姑姑說：「天津鄉下女人穿大紅紮腳袴子，真噁心！」那風沙撲面的黃土平原上，天津近海，想必海風掃蕩下更是荒瘠不毛之地。人對色彩的渴望，可想而知。但看傳統建築的朱欄，朱門，紅樓，丹墀，大紅漆柱子，顯然中國人是愛紅的民族。——雖說「大紅大綠」，綠不過是陪襯，因為講究對稱。幾乎從來沒有單獨大塊的綠色的——但是因為衣服比房舍更接近個人，大紅在新房新婦之外成了禁條。

當時親戚家有個年紀大的女僕，在上海也仍舊穿北方的紮腳袴。「老李婆的紮腳袴尿臊臭，」我姑姑也聽見過這笑話。老年人本來邋遢，幫傭生涯也一切馬虎，紮腳袴又聚氣。北邊鄉下缺水，天又冷，不大能洗澡。大紅棉袴又容易髒，會有黑隱隱的垢膩痕。也許是尿臊臭的聯想加上大紅袴子的挑逗性，使我姑姑看了噁心。

唐宋的人物畫上常有穿花衣服的，大都是簡化的團花，可能並不忠實複製原來的圖案。衣服幾乎永遠是淡赭色或是淡青，石青，石綠。出名的「青衣」、「烏衣」，從來沒有。是否是有一種不成文法的自我約束？

中國固有的絲綢棉布都褪色，所以絕大多數的人在絕大多數的時候都是穿褪色的衣服，正如韓國的傳統服裝是白色，因為多山的半島物產不豐，出不起染料錢。中國古畫中人物限穿淡赭，石青，石綠，淡青，原來是寫實的，不過是褪了色的大紅大綠深青翠藍。中國人最珍愛的顏色。「青出於藍而勝於藍」，「紅男綠女」——並不是官員才穿大紅袍的。後人作畫墨守成規，於是畫中人穿那種沖淡的顏色。當然，這不是說這些沖淡的色調不是適合國畫的風格。

明末清初冒辟疆在回憶錄中寫董小宛「衣退紅衫」觀潮，眾人望之如凌波仙子。我一向以為「退紅」是最淡的粉紅，其實大概也就是淡赭色，不過身為名妓，她當然只穿新衣，是染就的淡赭紅，穿著更亭亭入畫。

倒不是繪畫的影響，而是滿清入關，滿人不是愛紅的民族，清宮的建築與室內裝修的色調都趨向蒼淡，上行下效，一方面物極必反，漢人本來也已穿厭了「鮮衣」。有這句諺語：「若要俏，須帶三分孝。」白娘娘如果不是新寡，也就不可能一身白；成了她的招牌。《海上花》裏的妓女大都穿湖色，也有穿魚肚白，「竹根青」（泛青的淡黃褐色）的；小家碧玉趙二寶與她哥哥都穿月白。書中喪禮佈置用湖色月白。顯然到了晚清，上海的妓院與附近一帶的小戶人家已經沒這些忌諱了。

鮮艷的色彩只有保守性的鄉農仍舊喜愛，淪為沒有紀錄的次文化。此外大紅大綠只存在於婚禮中，而婚禮向來是古代習俗的廢紙簍，《兒女英雄傳》中安老爺的考據，也都是當時已經失傳的儀節了。「洞房」這名詞甚至於上溯到穴居時代，想必後來有了房屋，仍舊照上代的習慣送一對新人到山洞中過夜。洞房又稱「青廬」，想必到了漢朝人烟稠密，安全清靜的山洞太少，就在宅院中用青翠的樹枝搭個小屋，仿效古人度夏或是行獵放牧的臨時房舍。

從什麼時候起，連農民也摒棄鮮艷的色彩，只給嬰兒穿天津鄉下女人的大紅袴子。附近有一處婦女畫春宮為副業——我雖只知道楊柳青的年畫——都是積習相沿，同被視為陋俗。原因許是時裝不可抗拒的力量，連在鄉下，濃艷的彩色也終於過了時，嫌土頭土腦了。但是在這之前，宋明理學也已經滲透到社會基層，女人需要處處防閒，不得不韜光養晦，珍愛的彩色只能留給小孩穿。而在一九四〇年的香港，連窮孩子也都穿西式童裝了，穿傳統花布的又更縮到吃奶的孩子。

當時我沒想到這麼多，就只感到狂喜，第一次觸摸到歷史的質地——暖厚黏重，不像洋布爽脆——而又不像一件古董，微涼光滑的，無法在上面留下個人的痕迹；它自有它完整的恆古的存在，你沒份，愛撫它的時候也已經被拋棄了。而我這是收藏家在古畫上題字，只有更「後無來者」——衣料裁剪成衣服，就不能再屬於別人了。我拿著對著鏡子比來比去，像穿著一幅名畫一樣森森然，飄飄然。

是什麼時候絕迹於中原與大江南北，已經不可考了。港戰後被我帶回上海，做了衣服穿，一般人除了覺得怪，並不注意，只有偶而個把小販看了似曾相識，凝視片刻，若有所悟，臉上浮出輕微的嘲笑。大概在鄉下見過類似的破布條子。

共產黨來了以後，我領到兩塊配給布。一件湖色的，粗硬厚重得像土布，我做了件唐裝喇叭袖短衫，另一件做了條雪青洋紗子。那是我最後一次對從前的人牽衣不捨。當然沒穿多久就黯敗褪色了。像抓住了古人的衣角，只一會工夫，就又消失了。

排隊登記戶口。一個看似八路軍的老幹部在街口擺張小學校的黃漆書桌，輪到我上前，他一看是個老鄉，略怔了怔，因似笑非笑問了聲：「認識字嗎？」

我點點頭，心裏很得意。顯然不像個智識份子。

而現在，這些年後，忽然發現自己又在那條神奇的綢布攤的街上，不過在今日香港不會有那種鄉下趕集式的攤販了。這不正是我極力避免的，舊地重遊的感慨？我不免覺得冤苦。可冒身體髮膚的危險去躲它，倒偏偏狹路相逢，而且是在這黑暗死寂的空街上，等於一同封死在鐵桶裏，再鍾愛的貓也會撕裂你的臉，抓瞎你的眼睛。幸而我為了提心吊胆隨時準備著被搶劫，心不在焉，有點麻木。

而且正在開始疑心，會不會走錯路了？通到夜市金舖的橫街，怎麼會一個人都沒有？當然順著上坡路比較吃力，摸黑走又更費勁。就像是走了這半天了。正耐著性子，一步一步往前推進，忽然一抬頭看見一列日光光雪亮的平房高高在上，像個泥金畫卷，不過是白金，孤懸在黑暗中。因為是開間很小的店面房子，不是樓房。對街又沒有房舍，就像〈清明上河圖〉，更有疑幻疑真的驚喜。

貨買三家不吃虧，我這家走到那家，櫃檯後少年老成的青年店員穿著少見的長袍——不知道是否為了招徠遊客——袖著手笑嘻嘻的，在他們這不設防城市裏，好像還是北宋的太平盛世。除了玻璃櫃裏的金飾，一望而知不是古中國。貨品家家都一樣，也許是我的幻覺，連店員也都一模一樣。

我買了兩隻小福字頸飾，串在細金鍊條上。歸途還是在黑暗中，不知道怎麼彷彿安全了點。其實他們那不設防城市的默契——如果有的話——也不會延展到百步外。剛才來的時候沒遇見，還是隨時可以冒出個人影來。但是到底稍微放心了點，而且眼睛比較習慣了黑暗。這才看到攔街有一道木柵門，不過大敞著，只見兩旁靠邊丈來高的卅字架。大概門雖設而長開。傳說賈寶玉淪為看街兵，不就是打更看守街門？更鼓宵禁的時代的遺迹，怎麼鹿港以外竟還有？當然，也許是古制，不是古蹟。但是怎麼會保留到現在，尤其是這全島大拆建的時候？香港就是這樣，沒準。從前買布的時候怎麼沒看見？那就還是不是這條街，真想不到，臨走還有這新發現。

忽然空中飄來一縷屎臭，在黑暗中特別濃烈。不是倒馬桶，沒有刷馬桶的聲音。晚上也不是倒馬桶的時候。也不是有人在街上大便，露天較空曠，不會這樣熱呼呼的。那難道是店堂樓上住家的一掀開馬桶蓋，就有這麼臭？而且還是馬可孛羅的世界，色香味俱全。我覺得是香港的臨去秋波，帶點安撫的意味，看在我憶舊的份上。在黑暗中我的嘴唇牽動著微笑起來，但是我畢竟笑不出來，因為疑心是跟它訣別了。

註：鹿港龍山寺未經翻修，還是古樸的原貌。一九八二年十一月《光華》雜誌有它一個守護神的彩色照片，凶惡的硃紅臉，不屑地披著嘴，厚嘴唇佔滿了整個下頦。同年十二月《時報週刊》二五一期有題作「待我休息」的照片，施安全攝：兩個抬出巡行的神將中途倚牆小憩，一白一黑，一高一矮。頎長穿白袍的一個，長眉像刷子一樣掩沒了一對黑洞洞的骷髏眼孔；是八字眉，而八字的一撇往下轉了個彎，垂直披在面頰上，如同鬢髮。矮黑的一個，臉黑得發亮，撇著嘴冷笑，露出一排細小的白牙，兩片薄薄的紅唇卻在牙齒下面抵得緊緊的——顛倒移挪得不可思議。局部的歪曲想必是閩南塑像獨特的作風。地方性藝術的突出發展往往不為人注

意，像近年來南管出國，獲得法國音樂界的劇賞，也是因為中國歷史上空前的變局，才把時代的水銀燈撥轉到它身上。

編註：一九六一年秋張愛玲造訪台灣和香港，一九六三年三月她將此行的見聞寫成一篇英文遊記〈A Return to The Frontier〉發表於美國雜誌《The Reporter》，張愛玲此次訪台會見了不少台灣文學界人士，如王禎和、白先勇等，而這篇英文遊記也在當時的台灣界引起了極大迴響。二〇〇七年張愛玲文學遺產執行人宋以朗整理出三十四頁從未發表過的〈重訪邊城〉中文手稿，且經過比對，發現此篇並非〈A Return to The Frontier〉的中譯本，推斷應為一九八二年以後以中文重新撰寫的版本。

惘然記

這本小說集屢次易名，一度題作《傳真》，與我的第一本小說集《傳奇》排行。不料剛改寫重抄了自序，一坐下來休息，隨手翻看聯副三十年大系中歷任主編所著的一冊，就赫然看見「傳真文學」這名詞，我孤陋寡聞，還當是自己獨出心裁挪用的。沒辦法，只好又改名《閒書》。小說一般視為消閒的書，但是題名《閒書》，也是說現實生活中一件事情發生，往往閒閒而來，乘人不備。小說模仿人生，所以我也希望做到貌似閒適，雖然出的事也許也不是大事，而是激起內心很大的波瀾的小事。

在自序中解釋了書題，剛謄清了，就在當天收到的航空版《聯合報》上看見郁達夫有本著作叫《閑書》。有這麼巧的事，也還真是運氣，兩次都及時看到。但是接連改寫重抄，短短的一篇序也攪得人頭昏腦脹，判斷力受影響。最後定名《亂世紀》，其實還是不切合。雖然書中背景都在三四十年前動亂的時代，並不是寫亂世。

〈亂世紀二三事〉寄出後又趕緊補封信去說還要改名，序文也要連帶改。但是因為書中部份內容已經被盜印，勢不能不早點出版，只缺書名。結果還是宋淇來信建議用《半生緣》原名《惘然記》，既然這裡大都是改寫多年的舊作，有惘然回顧的意味。那部長篇小說是叫《半生緣》比較切題。

於是又再添改自序寄去，但是為了配合出版日期，〈亂世紀二三事〉趕在四月號《皇冠》登出，只來得及換了個書名。聯副認為這篇短文的定稿在單行本上出現前還有登載的價值，我是真覺得慚愧，遵囑說明此事歷歷的經過，如上。

北宋有一幅〈校書圖〉，畫一個學者一手持紙卷，一手拿著個小物件——看不清楚是簪子還是文具——在搔頭髮，彷彿躊躇不決。下首有個僮兒托盤送茶來。背景是包公案施公案插圖中例有的，坐堂的官員背後的兩折大屏風，上有朝服下緣的海濤圖案。看上去他環境優裕。他校的書也許我們也不怎麼想看。但是有點出人意表地，他赤著腳，地下兩隻鞋一正一反，顯然是兩腳互相搓抹著褪下來的，立刻使我想起南台灣兩個老人脫了鞋坐在矮石牆上拉弦琴的照片，不禁悠然微笑。作為圖畫，這張畫沒有什麼特色，脫鞋這小動作的意趣是文藝性的，極簡單扼要地顯示文藝的功用之一：讓我們能接近否則無法接近的人。

在文字的溝通上，小說是兩點之間最短的距離。就連最親切的身邊散文，是對熟朋友的態度，也總還要保持一點距離。只有小說可以不尊重隱私權。但是並不是窺視別人，而是暫時或多或少的認同，像演員沉浸在一個角色裏，也成為自身的一次經驗。

寫反面人物，是否不應當進入內心，只能站在外面罵，或加以丑化？時至今日，現代世界名著大家都相當熟悉，對我們自己的傳統小說的精深也有新的認識，正在要求成熟的作品，要求深度的時候，提出這樣的問題該是多餘的。但是似乎還是有在此一提的必要。

對敵人也需要知己知彼。不過知彼是否不能知道得太多？因為了解是原恕的初步？如果了解導向原宥，了解這種人也更可能導向鄙夷。缺乏了解，才會把罪惡神化，成為與上帝抗衡的魔鬼，神秘偉大的「黑暗世界的王子」。至今在西方「撒旦教派」「黑彌撒」還有它的魅力。

這小說集裏三篇近作其實都是一九五〇年間寫的，不過此後屢經徹底改寫，《相見歡》與《色，戒》發表後又還添改多處。《浮花浪蕊》最後一次大改，才參用社會小說做法，題材比近代短篇小說散漫，是一個實驗。

這三個小故事都曾經使我震動，因而甘心一遍遍改寫這麼些年，甚至於想起來只想到最初獲得材料的驚喜，與改寫的歷程，一點都不覺得這其間三十年的時間過去了。愛就是不問值得不值得。這也就是「此情可待成追憶，只是當時已惘然」了。因此結集時題名「惘然記」。

此外還有兩篇一九四〇年間的舊作。《聯合報》副刊主編唯弦先生有朋友在香港的圖書館裏舊雜誌上看到，影印了兩篇，寄來問我是否可以再刊載。一篇散文〈華麗緣〉我倒是一直留著稿子在手邊，因為部份寫入《秧歌》，迄未發表。另一篇小說《多少恨》，是以前從大陸出來的時候不便攜帶文字，有些就沒帶出來。但是這些年來，這幾篇東西的存在並不是沒人知道，如美國學者耿德華（Edward Gunn）就早已在圖書館裏看見，影印了送給別的嗜痂者。最近有人也同樣從圖書館裏的舊期刊上影印下來，擅自出書，稱為「古物出土」，作為他的發現；就拿我當北宋時代的人一樣，著作權可以逕自據為己有。口氣中還對我有本書裏收編了幾篇舊作表示不滿，好像我侵犯了他的權利，身為事主的我反而犯了盜竊罪似的。

《多少恨》的前身是我的電影劇本《不了情》。原劇本沒有了，附錄另一隻電影劇本《情場如戰場》，根據美國麥克斯・舒爾曼（Max Shulman）著舞台劇《The Tender Trap》（溫柔的陷阱）改編的，影片一九五六年攝製，林黛陳厚張揚主演。

《多少恨》裏有些對白太軟弱，我改寫了兩段，另一篇舊作《殷寶灩送花樓會》實在太壞，改都無從改起。想不收入小說集，但是這篇也被盜印，不收也禁絕不了，只好添寫了個尾聲。不得不嚕嗦點交代清楚，不然讀者看到雙包案，不知道是怎麼回事，還以為我在盜印自己的作品。

・初載於一九八三年五月二十六日《聯合報》副刊。

信

《皇冠》我每一期從頭看到尾，覺得中國實在需要這樣一個平易近人而又製作謹嚴的雜誌。即如新添的靈異世界一欄，那是最普遍有興趣的題材。美國報紙上的逐日推命，不信星象學的人也都要看看自己今天的運氣如何，這已經是一句老話了。《皇冠》上有些調查，當作人種學上的民俗迷信來看，也非常有趣味。最近有一篇關於白蒂・摩非（Bridey Murphy）轉世投胎的事，一九五〇年間我只看了書評，錯過了原文，幸而現在看到了譯文，認為是所有的死而有知的記載中比較最可信的。白蒂夫婦感情很好，她六十六歲死後仍舊待在家裏，直到她丈夫死了才走。但是並沒等到他死，他們的神父先去世，死後來看他們，她就跟著他一同離開家。其實她並不信天主教，不過嫁了天主教徒。此後她回老家去探望她還在世的哥哥。老年人記遠事不記近事，所以最接近自己的童年，因此她見到她早夭的弟弟——他太小，不認識她了。她知道她的丈夫死了，死後也並沒找她。這種地方倒正可以感覺到亡魂的飄飄蕩蕩空茫無依，雖然能穿越空間，還是有無力感，也有一絲森冷，與人不盡相同，不可以常理度之。這是編故事的人再也編造不出的，連夢囈都夢想不到。

《皇冠》這樣成功，仍舊大胆改進，在三十週年的前夕擴充篇幅，我還當是出了個特大號！皇冠叢書近年來大量譯暢銷書，我一直私底下在信上對朋友說這條路走得對，推遠了廣大讀者群的地平線，書目中有許多我看過的，也有預備找來看的。相信《皇冠》這兩支都前途無量。

・初載於一九八三年十二月號《皇冠》雜誌。

回顧《傾城之戀》

珍珠港那年的夏天，香港還是遠東的里維拉，尤其因為法國的里維拉正在二次大戰中。港大放暑假，我常到淺水灣飯店去看我母親，她在上海跟幾個牌友結伴同來到香港小住，此後分頭去新加坡、河內，有兩個留在香港，就此同居了。香港陷落後，我每隔十天半月遠道步行去看他們，打聽有沒有船到上海。他們倆本人予我的印象並不深。寫《傾城之戀》的動機——至少大致是他們的故事——我想是因為他們是熟人之間受港戰影響最大的。有些得意的句子，如火線上的淺水灣飯店大廳像地毯掛著撲打灰塵，「拍拍打打」至今也還記得寫到這裏的快感與滿足，雖然有許多情節已經早忘了。這些年來了，還有人喜愛這篇小說，我實在感激。

・初載於一九八四年八月三日香港《明報》。

關於《小艾》

我非常不喜歡《小艾》，友人說缺少故事性，說得很對。原來的故事是另一婢女（寵妾的）被姦污懷孕，被寵妾發現後毒打囚禁，生下孩子撫為己出，將她賣到妓院，不知所終。妾失寵後，兒子歸五太太帶大，但是他憎恨她，因為她對妾不記仇，還對她很好。五太太的婢女小艾比他小七八歲，同是苦悶鬱結的青少年，她一度向他挑逗，但是兩人也止於繞室追逐。她婚後像美國暢銷小說中的新移民一樣努力想發財，共黨來後悵然笑著說：「現在沒指望了。」

・初載於一九八七年五月皇冠張愛玲全集《餘韻》編輯代序中摘文，標題為本書所加。

《續集》自序

書名《續集》，是繼續寫下去的意思。雖然也並沒有停止過，近年來寫得少，刊出後常有人沒看見，以為我擱筆了。

前些日子有人將埋藏多年的舊作《小艾》發掘出來，分別在台港兩地刊載，事先連我本人都不知情。這逆轉了英文俗語的說法：「押著馬兒去河邊，還要揿著牠喝水。」水的冷暖只有馬兒自知。聽說《小艾》在香港公開以單行本出版，用的不是原來筆名梁京，卻理直氣壯地擅用我的本名，其大胆當然比不上以我名字出版《笑聲淚痕》的那位「張愛玲」。我一度就讀於香港大學，後來因珍珠港事變沒有完成學業；一九五二年重臨香港，住了三年，都有紀錄可查。我實在不願為了「正名」而大動干戈。出版社認為對《小艾》心懷叵測者頗不乏人，勸我不要再蹉跎下去，免得重蹈覆轍。事實上，我的確收到幾位出版商寄來的預支版稅和合約，只好原璧奉還，一則非常不喜歡這篇小說，更不喜歡以「小艾」名字單獨出現；二則我的書一向歸皇冠出版，多年來想必大家都知道。只怪我這一陣心不在「馬」，好久沒有在綠茵場上出現，以致別人認為有機可乘，其實仍是無稽之談而已。

這使我想到，本人還在好好地過日子，只是寫得較少，卻先後有人將我的作品視為公產，隨意發表出書，居然悻悻責備我不應發表自己的舊作，反而侵犯了他的權利。我無從想像富有幽默感如蕭伯納，大男子主義如海明威，怎麼樣應付這種堂而皇之的海盜行為。他們在英美榮膺諾貝爾文學獎，生前死後獲得應有的版權保障。蕭伯納的《賣花女》在舞台上演後，改編成黑白電影，又改編成輕音樂劇《窈窕淑女》，再改編成七彩寬銀幕電影，都得到版權費。海明威未完成的遺作經人整理後出版，他的繼承人依舊享受可觀的版稅。如果他們遇到我這種情況，相信蕭伯納絕不會那麼長壽，海明威的獵槍也會提前走火。

我想既然將舊作出版，索性把從前遺留在上海的作品選出一本文集，名之為《餘韻》。另外自一九五二年離開上海後在海外各地發表而未收入書中的文章編成一集，名之為《續集》，免得將來再鬧《紅樓夢》中瞞贓的竊盜官司。

〈談吃與畫餅充飢〉寫得比較細詳，引起不少議論。多數人印象中以為我吃得又少又隨便，幾乎不食人間烟火，讀後大為驚訝，甚至認為我「另有一功」。衣食住行我一向比較注重衣和食，然而現在連這一點偏嗜都成為奢侈了。至少這篇文章可以滿足一部分訪問者和在顯微鏡下「看張」者的好奇心。這種自白式的文章只是驚鴻一瞥，雖然是頗長的一瞥。我是名演員嘉寶的信徒，幾十年來她利用化裝和演技在紐約隱居，很少為人識破，因為一生信奉「我要單獨生活」的原則。記得一幅漫畫以青草地來譬喻嘉寶，上面寫明「私家重地，請勿踐踏」。作者借用書刊和讀者間接溝通，演員卻非直接面對觀眾不可，為什麼作家同樣享受不到隱私權？

〈羊毛出在羊身上〉是在不得已的情形下被逼寫出來的。不少讀者硬是分不清作者和他作品中人物的關係，往往混為一談。曹雪芹的《紅樓夢》如果不是自傳，就是他傳，或是合傳，偏偏沒有人拿它當小說讀。最近又有人說，《色，戒》的女主角確有其人，證明我必有所據，而他說的這篇報導是近年才以回憶錄形式出現的。當年敵偽特務鬥爭的內幕哪裏輪得到我們這種平常百姓知道底細？記得王爾德說過，「藝術並不模倣人生，只有人生模倣藝術。」我很高興我在一九五三年開始構思的短篇小說終於在人生上有了著落。

《魂歸離恨天》（暫名）是我為電懋公司寫的最後一齣劇本，沒有交到導演手上，公司已告結束。多謝秦羽女士找了出來物歸原主。〈Stale Mates〉（「老搭子」）曾在美國《記者》雙週刊上刊出，虧得宋淇找出來把它和我用中文重寫的〈五四遺事〉並列在一起，自己看來居然有似曾相識的感覺。故事是同一個，表現的手法略有出入，因為要遷就讀者的口味，絕不能說是翻譯。

最近看到不少關於我的話，不盡不實的地方自己不願動筆澄清，本想請宋淇代寫一篇更正的文章。後來想想作家是天生給人誤解的，解釋也沒完沒了，何況宋淇和文美自有他們操心的事。我一直牽掛他們的健康，每次寫信都說「想必好了。」根本沒有體察到過去一年（出《餘韻》的時期）他們正在昏暗的隧道中摸索，現在他們已走到盡頭，看見了天光，正是《續集》面世的時候。我覺得時機再好也沒有。尤其高興的是能藉這個機會告訴讀者：我仍舊繼續寫作。

・初載於一九八七年五月皇冠張愛玲全集《續集》。

草爐餅

前兩年看到一篇大陸小說《八千歲》，裡面寫一個節儉的富翁，老是吃一種無油燒餅，叫做草爐餅。我這才恍然大悟，四五十年前的一個悶葫蘆終於打破了。

二次大戰上海淪陷後天天有小販叫賣：「馬……草爐餅！」吳語「買」「賣」同音「馬」，「炒」音「草」，所以先當是「炒爐餅」，再也沒想到有專燒茅草的火爐。賣餅的歌喉嘹亮，「馬」字拖得極長，下一個字拔高，末了「爐餅」二字清脆迸跳，然後突然噎住。是一個年青健壯的聲音，與賣臭豆腐乾的蒼老沙啞的喉嚨遙遙相對，都是好嗓子。賣餛飩的就一聲不出，只敲梆子。餛飩是消夜，晚上才有，臭豆腐乾也要黃昏才出現，白天就是他一個人的天下。也許因為他的主顧不是沿街住戶，而是路過的人力車三輪車夫，拉塌車的，騎腳踏車送貨的，以及各種小販，白天最多。可以拿在手裡走著吃——最便當的便當。

戰時汽車稀少，車聲市聲比較安靜。在高樓上遙遙聽到這漫長的呼聲，我和我姑姑都說過不止一次：「這炒爐餅不知道是什麼樣子。」

「現在好些人都吃。」有一次我姑姑幽幽地說，若有所思。

我也只「哦」了一聲。印象中似乎不像大餅油條是平民化食品，這是貧民化了。我姑姑大概也是這樣想。

有一天我們房客的女傭買了一塊，一角蛋糕似地擱在廚房桌上的花漆桌布上。一尺闊的大圓烙餅上切下來的，不過不是薄餅，有一寸多高，上面也許略撒了點芝蔴。顯然不是炒年糕一樣在鍋裡炒的，不會是「炒爐餅」。再也想不出是個什麼字，除非是「燥」？其實「燥爐」根本不通，火爐還有不乾燥的？

《八千歲》裡的草爐餅是貼在爐子上烤的。這麼厚的大餅絕對無法「貼燒餅」。《八千歲》的背景似是共黨來之前的蘇北一帶。那裡的草爐餅大概是原來的形式，較小而薄。江南的草爐餅疑是近代的新發展，因為太像中國本來沒有的大蛋糕。

戰後就絕迹了。似乎戰時的苦日子一過去，就沒人吃了。

我在街上碰見過一次，擦身而過，小販臂上挽的籃子，也就是主婦上街買菜的菜籃，籃子裡蓋著布，掀開一角露出烙痕斑斑點點的大餅，餅面微黃，也許一疊有兩三隻。白布洗成了勻淨的深灰色，看著有點噁心。

匆匆一瞥，我只顧忙著看那久聞大名如雷貫耳的食品，沒注意拎籃子的人，彷彿是個蒼黑瘦瘠中年以上的男子。我也沒想到與那年青的歌聲太不相稱，還是太瘦了顯老。

上海五方雜處，土生土長的上海人反而少見。叫賣吃食的倒都是純粹本地口音。有些土著出人意表地膚色全國最黑，至少在漢族內。而且黑中泛灰，與一般的紫膛色不同，倒比較像南太平洋關島等小島（Micronesian）與澳洲原住民的炭灰皮色。我從前進的中學，舍監是青浦人——青浦與黃浦對立，但是想必也在黃浦江邊——生得黑裡俏，女生背後給她取的綽號就叫阿灰。她這同鄉大概長年戶外工作，又更晒黑了。

沿街都是半舊水泥衖堂房子的背面，窗戶為了防賊，位置特高，窗外裝著凸出的細瘦黑鐵柵。街邊的洋梧桐，淡褐色疤斑的筆直的白圓筒樹身映在人行道的細麻點水泥大方磚上，在耀眼的烈日下完全消失了。眼下遍地白茫茫晒褪了色，白紙上忽然來了這麼個「墨半濃」的鬼影子，微駝的瘦長條子，似乎本來是圓臉，黑得看不清面目，乍見嚇人一跳。

就這麼一隻籃子，怎麼夠賣，一天叫到晚？難道就做一籃子餅，小本生意小到這樣，真是袖珍本了。還是瘦弱得只拿得動一隻籃子，賣完了再回去拿？那總是住得近。這裡全是住宅區緊接著通衢大道，也沒有棚戶。其實地段好，而由他一個人獨占，想必也要走門路，警察方面塞點錢。不像是個鄉下人為了現在鄉下有日本兵與和平軍，無法存活才上城來，一天賣一籃子餅，聊勝於無的營生。

這些我都是此刻寫到這裡才想起來的，當時只覺得有點駭然。也只那麼一剎那，此後聽見「馬……草爐餅」的呼聲，還是單純地甜潤悅耳，完全忘了那黑瘦得異樣的人。至少就我而言，這是那時代的「上海之音」，周璇、姚莉的流行歌只是鄰家無線電的嘈音，背景音樂，不是主題歌。

我姑姑有一天終於買了一塊，下班回來往廚房桌上一撩，有點不耐煩地半惱半笑地咕嚕了一聲：「哪，炒爐餅。」

報紙托著一角大餅，我笑著撕下一小塊吃了，乾敷敷的吃不出什麼來。也不知道我姑姑吃了沒有，還是給了房客的女傭了。

．原載於一九八九年九月二十五日《聯合報》副刊。

年畫風格的太平春

我去看《太平春》，觀眾是幾乎一句一彩。老太太們不時地嘴裡「嘖嘖嘖」地說「可憐可憐」。花轎中途掉包，轎門一開，新娘驚喜交集，和她的愛人四目直視，有些女性觀眾就忍不住輕聲催促：「還不快點！」他們逃到小船上，又有個女人喃喃說：「快點划！快點划！」坐在我前面的一個人，大概他平常罵罵咧咧慣了的，看到快心之處，狂笑著連呼「操那娘」！老裁縫最後經過一番內心衝突，把反動派托他保管的財產交了出來，我又聽見一個人說：「搞通了！搞通了！」末了一場，老裁縫在城隍廟看社戲喝彩，我從電影院散戲出來，已經走過兩條馬路了，還聽見一個人在那裡忘情地學老裁縫大聲叫好。又聽見一個穿藍布解放裝的人在那裡批評：「這樣教育性的題材，能夠處理得這樣風趣，倒是從來沒有過的。」

我也從來沒有這樣感覺到與群眾的心情合拍，真痛快極了，完全淹沒在頭兩千人的淚與笑的洪流裡。有一場氣氛非常柔艷的戲，是小裁縫要寫封家信，報告他將要結婚的消息。因為他不識字，這封信是由他的未婚妻代筆的。正在油燈下寫信讀信，忽然「有吏夜捉人」，砰砰砰敲起門來了，裁縫店的舖板門劇烈地震動著，那半截玻璃上映著的他們倆的驚恐的面影，也跟著動盪。我看到這裡，雖然是坐在那樣擁擠而炎熱的戲院裡，只覺得寒森森的一股冷氣，從身上一直冷到頭皮上。

這一類的惡霸強佔民女的題材，本來很普通，它是有無數的民間故事作為背景的。桑弧在《太平春》裡採取的手法，也具有一般民間藝術的特色，線條簡單化，色調特別鮮明，不是嚴格的寫實主義的，但是仍舊不減於它的真實性與親切感。那濃厚的小城的空氣，轎行門口貼著「文明花轎，新法貰器」的對聯……那花轎的行列，以及城隍廟演社戲的滄桑……

我看到《大眾電影》上桑弧寫的一篇〈關於太平春〉，裡面有這樣兩句：「我因為受了老解放區某一些優秀的年畫的影響，企圖在風格上造成一種又拙厚而又鮮艷的統一。」《太平春》確是使人聯想到年畫，那種大紅大綠的畫面，與健旺的氣息。

我們中國的國畫久已和現實脫節了；怎樣和實生活取得聯繫，而仍舊能夠保存我們的民族性，這問題好像一直無法解決。現在的年畫終於打出一條路來了。年畫的風格初次反映到電影上，也是一個劃時代的作品。

・初載一九五〇年六月二十三日上海《亦報》，未收集。

華麗緣 散文集一・一九四〇年代

生命是一襲華美的袍，
爬滿了蝨子。

張愛玲
100TH ANNIVERSARY EDITION
百歲誕辰
紀念版

哪怕她沒有寫過一篇小說，
她的散文也足以使她躋身二十世紀
最優秀的中國作家之列。
——【中國現代文學史研究家】陳子善

每個張迷心中都有一個張愛玲，但褪下作家光環的她，又是何種樣貌？當別人還在學校裡學藝術，她則已然在藝術中品味生活，享受微風中的籐椅、欣賞雨夜裡的霓虹燈、伸手採擷枝枒嫩綠的葉片……《華麗緣》是張愛玲創作黃金時期的散文結集，不同於小說創作的蒼涼冷峻，她的散文恬適豐沛、細膩精闢。無論是聊音樂，論愛情，還是談自己，她慣以感性拾掇美好光陰，用文字拼貼瑣碎青春，而我們早已在一篇篇華麗的文字中，與最真實的她結下了不解之緣。

色，戒 短篇小說集三・一九四七年以後

真正的了解一定是從愛而來的，
但是恨也有它的一種
奇異的徹底的了解。

張愛玲最知名也最具爭議性的作品
國際大導演李安改編拍成電影
榮獲威尼斯影展最佳影片金獅獎，橫掃金馬獎八項大獎

為了「救國鋤奸」，王佳芝亟欲色誘刺殺特務頭目易先生，可始料未及的是，權勢的春藥雖然融解了易先生的城府，卻也撩燒著她體內的魔鬼，而隨著這場「愛國遊戲」逐漸失控，獵人與獵物，早已在不知不覺間錯位……〈色，戒〉是張愛玲少數以真實歷史為藍本，探討女性心理與情慾的異色之作。歷經家國戰火、與愛人走向歧路的她，文字風格亦隨之洗盡鉛華，從譏誚濃烈轉為樸素凝鍊。張愛玲為人生翦落了枝蔓，卻也因此撥雲見日，開啟了文學創作的神域。

紅樓夢魘

只有張愛玲，
才堪稱曹雪芹的知己！

張愛玲
100TH ANNIVERSARY EDITION
百歲誕辰
紀念版

張愛玲：有人說過「三大恨事」是
「一恨鰣魚多刺，二恨海棠無香」，
第三件不記得了，
也許因為我下意識的覺得應當是「三恨紅樓夢未完」。

在浩瀚的文學長河裡，研究紅學的作品多如繁星，卻惟有張愛玲，才得以體現《紅樓夢》的冠前絕後。這部經典名作不僅澆灌了張愛玲的無數青春，更是「張派文學」的脈絡師承，也是她不懈追求的理想之鄉。於是她一擲十年，用獨有的感性、緻密的考據，歷歷細數《紅樓夢》中錯綜複雜的人性糾葛，以及精巧繁複的細節書寫，引領我們深入體會曹雪芹的創作匠心。《紅樓夢魘》可說為張愛玲開啟了一場玄妙入神的文字體驗，也替文學史刻下兩代文豪千絲萬縷的對話。

國家圖書館出版品預行編目資料

惘然記：散文集二 一九五〇～八〇年代/ 張愛玲 著.
-- 二版. -- 臺北市：皇冠, 2021.9
面；公分. --（皇冠叢書；第4973種）
（張愛玲典藏；12）

ISBN 978-957-33-3777-5（平裝）

855 110012479

皇冠叢書第4973種
張愛玲典藏 12
惘然記
散文集二 一九五〇～八〇年代
【張愛玲百歲誕辰紀念全新增訂版】

作　　者—張愛玲
發 行 人—平　雲
出版發行—皇冠文化出版有限公司
台北市敦化北路120巷50號
電話◎02-2716-8888
郵撥帳號◎15261516號
皇冠出版社(香港)有限公司
香港銅鑼灣道180號百樂商業中心
19字樓1903室
電話◎2529-1778　傳真◎2527-0904
總 編 輯—許婷婷
責任編輯—張懿祥
美術設計—王瓊瑤
著作完成日期—1969年
張愛玲典藏二版一刷日期—2021年9月
張愛玲典藏二版五刷日期—2024年7月
法律顧問—王惠光律師

讀者服務傳真專線◎02-27150507
電腦編號◎001212
ISBN◎978-957-33-3777-5
Printed in Taiwan
本書定價◎新台幣280元　港幣93元